KB153677

하루는 열심히,
인생은 되는대로

하루는 열심히,
인생은 되는대로

여하연 에세이

bodabooks

오늘도 꽃을 사러 갑니다

"정말 소녀 같아요."

살면서 '소녀 같다'는 말을 정말 많이 들었다. 소녀 같다는 말이 칭찬인지 아닌지 잘 모르겠지만, 이 말을 들으면 이상한 반발심이 생겼다. 누군가를 '소녀 같다'고 칭할 때는 긍정적인 의미도 담겨있지만 '철없다'는 의미가 탑재된 경우가 많으니까.

일흔이 넘은 나의 엄마는 아직도 소녀 같다. 평생 소녀처럼 사셨다. "옷 사줄까? 쇼핑하러 가자." 중고등학생 시절, 함께 쇼핑 가자던 엄마와 쇼핑을 하러 갔다가 자신의 옷만 사는 엄마와 싸우고는 나 혼자 삐져서 돌아온 날도 허다하다. 엄마는 자신이 마음에 드는 옷을 산 후 같이 입자고 하셨다. "아니, 이런 아줌마들이 입는 꽃무늬 원피스를 같이 입자고?"(고등학교 졸업할 때까지는 꽃무늬와 거리가 먼 아이였다).

엄마는 늘 꽃을 샀다. 20년 전 즈음, 땅 사기를 당해서 경기도의 아파트로 이사 갔을 때도 엄마는 꽃을 사서 꽃병에 꽂은 후 "꽃이 참 예쁘다"고 말했다. "아니, 집 다 날리고, 변두리 아파트로 이사 와 놓고, 꽃이 예쁘다고?"

소녀 같은 엄마를 보면서 나는 일찍이 철이 들었다고 생각했는데, 아니었다. '엄마처럼 살지 않을 거야'라고 늘 다짐했지만, 마흔이 넘어서야 나는 깨달았다. 나에겐 속일 수 없는 낭만적 유전자가 있다고.

아버지를 좋아했던 나는 이과생이지만 감성적이었던 아버지의 성격도 많이 닮았다. 정년퇴직 전까지 성실하게 사회생활하고, 책임감 있는 가장이었던 아버지의 성향을 조금이라도 물려받은 덕에 20년 넘게 직장생활을 했는지도 모른다.

엄마는 낭만적인 이탈리안, 아버지는 이성적인 독일인을 닮았다고 생각했다(그래서인가, 두 분은 평생 싸우셨다).

낙천적이고 말 많고 로맨틱한 이탈리아 사람과 냉철하고 철학적이며 산책을 즐기는 독일인, 이탈리아와 독일을 여행해보면 두 나라의 상반된 성향이 와닿는다. 이탈리아에서는 노란 햇살 아래서 캄파리부터 와인을 종류별로 마시다가 알딸딸하게 취기가 올라 꽃 파는 아이에게 바가지 써가며 꽃을 한 아름 사고서도 행복했다. '아 인생 뭐 있나? 이렇게 낮술에, 꿈에 취하며 사는 거지'라고 생각했다. 제시간에 오지 않는 기차가 수두룩한 기차역과 혼잡한 공항에 가서는 다시 이탈리아엔 오지 않겠다고 결심했지만.

무질서한 이탈리아를 떠나 독일에 오면 질서정연함에 감동한다. 군더더기 없고 신속한 태도에 마음이 놓인다. 한국인의 성향은 이탈리아 사람과 비슷한 것 같지만 그래도 성질은 급해서 신속한 것을 좋아하니까 말이다. 냉철하고 이성적인 독일인은 시간을 잘 지키고, 규칙적인 시간에 산책을 하고, 사유를 즐긴다. 이탈리아의 공기가 술 마시고, 쉬기에 좋다면 독일의 공기는 걷고, 산책하기에 좋다(그래서 이탈리아에는 예술가들이 많고, 독일에는 철학가가 많은가?).

엄마와 아빠의 기질을 반반씩 물려받은 나는 이탈리아 사람처럼 놀고, 독일 사람처럼 일했다.

터키에 갔을 때도 이탈리아와 비슷한 느낌을 받았다. 터키를 이탈리아보다 더 많이 갔는데, 오지랖 넓기로 치면 이탈리아 맞먹을 거 같지만 터키인들의 오지랖은 이탈리아인들의 유난스러움과는 조금 다르게 느껴졌다. 어떤 의도나 잔꾀가 보이지 않는달까. 순수함, 순박함과는 다른 어떤 천연덕스러움을 가진 사람들. 한때 세계를 제패했던 민족의 후예답지 않게, 그들에겐 으스댐이 전혀 느껴지지 않았다.

5년 전, 함께 터키를 여행했던 선배가 나에게 말했다. "하연 씨는 터키인들을 닮았어요. 아주 태연하다 할까?"

'태연하다?' 둔하다는 이야기일까? 사전을 찾아보니 '마땅히 머뭇거리다가 두려워할 상황에서 태도나 기색이 아무렇지도 않은 듯이 예사롭다'는 뜻이었다.

'태연하다'는 뉘앙스가 마음에 들었다. 내가 지향하는 삶의 태도일 수도 있다는 생각이 들었다.

하루하루는 열심히, 성실하게 살았지만 인생의 큰 목표나 계획 같은 건 세워본 적이 없다. 큰 목표 같은 것을 이루기 위해(목표가 없으니 당연한가?) 사고 싶은 것을 참거나, 하고 싶은 것을 미룬 적도 별로 없다.

어쨌든 확실한 건 가난해도 꽃을 살 것이고, (뭐 큰돈이 드는 것도 아닌데) 좋은 와인을 마실 거고, 평생 여행을 다닐 거라는 것.

고양이와 함께 노을 지는 것을 바라보는 것을 좋아하고, 좋아하는 재료들을 넣은 솥밥에서 올라오는 구수한 밥 냄새를 좋아하고, 낯선 도시의 골목길, 노천 카페에서 마시는 낮맥을 좋아하며 가까운 친구들과 홈파티하는 것을 좋아한다. 이 모든 것을 즐기기 위해 열심히 일한다. 평범한 당신들처럼!

5년 전에도 그러했듯이, 10년 후에도 나는 변하지 않을 것이다. 느슨하지만 꼼꼼하게 일상을 만들어갈 것이다. 낭만을 잃지 않고, 꾸준히 일하고, 많이 웃고, 많은 곳으로 여행을 떠날 것이다.

이 책에는 8년간 잡지 편집장으로 일하면서 쌓인 여행의 경험들과 내 일상의 조각들이 담겨있다.

느릿느릿 고양이처럼 여유롭고 우아하게 여행하고 사는 것을 꿈꿔왔지만 실제 내 여행과 삶의 여정은 한 걸음 한 걸음, 작은 보폭으로 이루어졌다. 천재 화가가 단번에 그린 그림이 아닌, 시골 할머니들이 한 땀 한 땀

수놓은 퀼트나 조각보 같달까. 나는 아직도 어디로 향할지 몰라 서성이고, 가끔 한눈팔다가 길을 잃는다. 마흔 살이 훨씬 넘었는데도 내 그림은 완성되긴커녕, 수많은 알록달록한 조각 천들이 먼지 폴폴 날리며 흩어져있는 것만 같다. 언제 이 조각보가 완성될지 알 수 없지만 '그 그림은 꽤 나답지 않을까?' 생각한다.

'태연하다?'는 단어가 마음에 든 나는 '하연하다?' 라는 나만의 단어를 만들었다.

'남의 눈치 보지 않고, 나만의 페이스로 느긋하게 즐겁게.'

헐렁헐렁해 보이는 취권으로 상대를 제압하듯, 좋아하는 것들이 모여 취향이 되고, 낭만의 순간이 모여 인생이 된다. 순간에 치열하되, 결과에는 집착하지 않고, 태연자약하게 사는 삶. 오늘도 나는 '하루하루는 충실하게, 인생은 흘러가는 대로'의 자세로 산다. 그렇게 살다 보면 뭐라도 되겠지. 꼭 뭐가 되지 않더라도, 분명한 건,

행복할 거라는 것.

차례

2부

하루와 인생을 살아가는 태도에 대하여

- - - - - - - - - - - - - - - - - - - -

3부

하루와 인생을 잘 보내는 방법에 대하여

- - - - - - - - - - - - - - - - - - - -

4부

하루와 인생을 여행하는 법에 대하여

- - - - - - - - - - - - - - - - - - - -

1부

하루와 인생을
바라보는 시선에 대하여

우연이 만들어내는 힘, 노르망디의 법칙

어느 날 아침 우연히 『론리플래닛』 매거진에서 노르망디에 관한 기사를 봤다. 그리고 그날 예약한 쿠킹 클래스가 프랑스 요리 중에서도 노르망디 지방 요리란 걸 알게 됐다. 오후에는 친구와 예술의 전당에서 열리는 〈인상파의 고향 노르망디전〉을 보러 가려던 참이었다. 이런 우연이 있다니, 참 신기했다. 그로부터 몇 개월 뒤 전시회에서 본 그림이 있는 장소, 노르망디로 가게 됐다. 우연이 겹쳐 필연처럼 느껴지는 일들이 계속 생기기 시작했다. '어딘가에 가고 싶다'라고 생각하면 얼마 후 그곳으로 출장 갈 일이 생겼다. 혹은 비행기에서 읽으려고 우연히 골라잡은 책에 나온 장소에 가기도 했다. 친구와 '하와이'에 대한 이야기를 나눴는데 그날 집 청소를 하다가 가방에서 2년 전에 갔던 하와이 트립 일정표가 나왔다. 인스타그램 팔로워 중에 누군가가 미국 유타에 갔기에 몇 년 전 찾았던 유타를 생각했는데 바로 그때 책상 위에 유타에서 받은 기념품이 나뒹구는 것을 발견했다.

이런 우연의 법칙을 난 나름대로 '노르망디 법칙'이라고 이름 붙였다. '나 아닌 다른 사람도 이런 경험을 자주 할까?' 주변 사람들에게 물으니 다들 비슷한 경험이 있다고 했다. 나이가 들면서 이런 일이 잦아지는 것은 경험의 폭이 넓어지고, 그래서 머릿속에 입력되는 정보량이 많아지기 때문일 것이다. 알고 나면 의미 없이 보아왔던 주변의 모든 것들이 예사롭게 보이지 않는다. 우연히 마주치는 것들이 우연처럼 느껴지지 않게 된다.

여행지에서는 더 많은 우연이 우리를 기다린다.

몇 년 전, 뉴욕 출장을 가기 전 비행기에서 영화 〈인턴〉을 봤는데, 아무 생각 없이 봤던 그 장소들을 우연히 찾게 됐다. 왠지 낯설지 않다고 생각했는데 서울에 와서야 친구와 찾았던 브루클린의 커피숍이 영화 속에서 앤 해서웨이와 로버트 드 니로가 찾았던 커피숍이란 것을 알았다.

우연한 만남은 또 얼마나 많은가. 오래전 파리에 갔을 때다. 몽마르뜨 근처에 있는 영화 〈아멜리에〉에 나왔던 카페에 갔다. 아멜리에 사진 앞에서 메뉴판을 들고 인증샷을 남겼는데 내 옆에 앉아 있던 손님을 몇 시간 후 오페라 하우스 옆의 카페에서 다시 만났다. 눈에 띄는 인상은 아니었지만 우연히 나와 함께 사진이 찍혀서 단번에 알아볼 수 있었다. 그도 나를 한 번에 알아봤다. 반가운 마음에 차를 같이 마시며 이런저런 이야기를 나눴다. 그는 독일에서 일하는 건축가인데 파리로 장기 출장을 왔다고 했다. 마침 머무는 숙소도 나와 가까운 곳에 있었다(아, 한 번만 더 만나면 운명이라고 생각하려고 했는데, 나는 다음 날 서울로 돌아가는 비행기를 타야 했다).

세계 여행을 다니다 보면(여행자들의 동선이 겹쳐서 그런지) 이런 우연한 만남이 반복되기도 한다. 니스에서 같은 방을 쓰던 이름도 모르던 룸메이트를 프라하의 화약탑 아래서 만나게 되어 반가운 마음에 소리를 지르거나 점심 식사할 때 옆자리에 앉았던 외국인 부부와 저녁 식사하러 간 레스토랑에서 만나기도 한다. 어떤 사람들과는 출국할 때 같은 비행기를 타고 같은 호텔에 머물다가 같은 비행기를 타고 돌아가기도 한다.

무라카미 하루키의 『도쿄 기담집』은 불가사의하고, 기묘하고, 있을 것 같지 않지만 내게도 일어날지 몰라 납득할 수 있는 이야기를 담고 있는 소설집인데 그중 하루키가 겪은 이런 우연이 소개된다. 하루키는 버클리 음악대학 중고 레코드점에서 페퍼 애덤스의 〈10 to 4 at the 5 spot〉이라는 레코드를 사 들고 나온다. 그때 그를 스쳐 가게 안으로 들어가던 남자가 우연히 시간을 물어본다.

"Hey, you have the time?"
"Yeah, it's 10 to 4"

'와우! 소오름~' 하루키에게는 우주의 신이 아닌 재즈의 신이 윙크를 보낸 건가? 이렇듯 세상 사람들은 누구나 우연의 일치를 좋아한다. 우연의 패턴과 질서, 그 조화성에 끌린다. 흔하게는 누군가를 생각하고 있을 때 그 사람으로부터 전화가 오면 나에게 초자연적인 능력이 있는 게 아닐까 하는 생각마저 든다. 만약 더 나아가 우연히 헌책방에서 내가 아주 오래전 판 책을 발견하게 되면, 온 우주가 나를 위해 움직인다는 생각을 피하기 힘들 것이다.

캐나다 매니토바 대학교 심리학 연구자인 스테판 라드키 박사는 말했다. "우연 속에 자기 위로를 위한 의미를 부여하며 우리는 자신의 삶에 대한 질서와 통제력을 만들어낸다. 그렇게 하는 것이 스트레스를 줄이고 질병에 대항할 면역 체계의 기능을 높일 수 있다."

물론 우연과 자기 암시에만 너무 빠져 있으면 안 되겠지만 여행의 미덕 중 하나는 '우연이 만들어내는 힘'임을 부인할 수 없다. 우연히 시작된 여행이 인생을 바꾸기도 한다. 많은 우연 중 최고는 여행지에서 우연히 만난 사람과 평생 여행을 하는 것 아닐까. 인생이라는 긴 여행.

친구와 발리 이야기를 나누고 있는데 친구의 인스타그램에 5년 전 오늘, 발리에 간 게 떴다고 합니다. 이것도 노르망디 법칙이겠죠? 아, '발리의 법칙'이라고 해야 할까요?

하루는 열심히
인생은 담담하게

❄ ❄

코로나 19 바이러스 이전, 해외 출장을 밥 먹듯 다니던 시절엔 여행 기자들끼리 한 번 모여 밥이나 술을 먹으려고 하면 날짜 잡는 게 쉽지 않았다. 한 명이 출장을 갔다 돌아오면 다른 한 명이 서울을 떠나고, 다 서울에 모이면 곧 마감이 시작되고.

당시 나보다 더 해외 출장을 자주 가는 선배가 페이스북에 이렇게 썼다. '아, 여행 가고 싶다. 출장 말고 여행!' 백 퍼센트 공감하며 '좋아요'를 눌렀다. 해외 출장이 사라진 지금은 출장이건 여행이건 다 좋겠지만, 자유 시간이 전혀 없는 출장만 주야장천 다녔던 시절엔 그렇게 '여행'을 가고 싶었다. 출장 말고 여행!

여행 기자가 가장 많이 듣는 질문이 "지금까지 갔던 곳 중 어디가 가장 좋아요?"이고, 그다음으로 많이 듣는 말이 "그렇게 좋은 곳을 다니니 얼마나 좋아요"다. 첫 번째 질문에는 이렇게 답했다. "남프랑스도 좋았고, 포르투갈, 포틀랜드도 좋았고, 타히티도 좋았어요." 이렇게 말하다가 좋은 곳이 계속 추가되고, 생각해 보면 모든 곳이 나름대로 좋아서 "다 좋다"고 대충 얼버무리게 된다. 그리고 두 번째 말엔 이렇게 대꾸한다. "출장 좋죠. 하지만 어디까지나 일이라서 마냥 좋기만 한 건 아니에요."

지금은 호사스런 해외 출장을 다니던 시절이 전생처럼 여겨지지만 당시엔 정말 그렇게 생각했다. 좋은 곳에 가서 즐기긴커녕, 사진만 찍고 취재만 하다가 다음 목적지로 향해야 할 때면 그림의 떡이 따로 없다는 생각마저 들었다.

천성이 게으른 나는 여행지에서도 아무것도 하지 않는 시간이 필요하다. 물론 일주일 남짓한 휴가를, 그것도 처음 가는 도시에서 아무것도 하지 않는 건 일종의 사치일 것이다.

하지만 시간이 지나면 빨빨거리고 돌아다니며 본 것들보다 게으름을 부리던 순간들이 더 자주 떠오른다. 종종걸음 치며 다녔던 미술관이나 거리보다 바르셀로네타 해변에서 2시간 동안 비키니를 입고 낮잠을 잤던 일, 파리의 몽소 공원에서 반나절 동안 책을 읽던 기억이 더 오래 남아있다. 어디서든 자신의 페이스대로 낮잠 잘 시간과 공간, 여유를 갖고 느긋하게 사는 고양이 같이 천천히 조금은 게으르게 여행하는 것이 나에게 딱 맞는 여행법이다.

하지만 출장으로 온 여행이 더 좋을 때도 있다. 혼자서는 볼 수 없거나 할 수 없는 경험을 할 때다. 터키 남서부 출장도 그러했다. 안탈리아부터 보드룸까지, 지중해와 에게해를 한꺼번에 볼 수 있다니, 여느 출장과 달리 소풍을 앞둔 아이처럼 설레었다. 캐리어에 푸른 바다를 떠올리며 휴양지에 어울리는 꽃무늬 원피스와 챙 넓은 모자를 챙겨 넣었다. 그런데 웬일, 첫째 날부터 마지막 날까지 고대 유적지만 줄곧 다니기 시작했다. 사학을 전공하고도 터키가 수천 년 동안 역사의 중심이자, 문화의 격전지였다는 사실을 잊고 있었던 것이다. 몇 일 내내 지중해, 에게해 바닷가는커녕 리조트 수영장에 발 한 번 못 담가 보고 험준한 고원, 황량한 고대도시를 돌다 보니, 혼자 한껏 멋 내고 온 게 부끄러워졌다. 관광지 시장에서 파는 짝퉁 아디다스 '추리닝'이라도 사서 입어야 하지 않을까는 생각마저 들었다.

유네스코 문화유산에 등재된 고대도시 파묵칼레의 히에라폴리스나 파란 지중해 앞에 서 있는 아폴론 신전은 클레오파트라가 왜 이곳을 사랑했는지 짐작 갈 정도로 아름다웠다.

안탈리아에서 75킬로미터 떨어진 시데Side는 안탈랴가 건설되기 이전, 팜필리아 최고의 항구도시였다. 우리가 다닌 곳 중 유일하게 해변에 위치한 고대도시였다. 바닷가 앞, 하얀 대리석 기둥으로 된 신전에 해가 뉘엿뉘엿 지기 시작했다. 인근의 석류나무에서 새콤달콤한 석류 향이 풍겼다. 오렌지빛으로 물든 폐허가 된 고대도시는 신화 속의 풍경을 연상시켰다. '아 이렇게 황홀한 풍경 속에서 안토니우스와 클레오파트라는 사랑을 나눴겠구나⋯⋯.'

고대도시를 여행하는 즐거움은 이렇게 바로 눈에 보이지 않는 것을 상상 속에서 복원하는 것이다.

그래도 터키 출장에서 가장 가슴에 남는 건 역시 눈부신 바다나 신비로운 고대도시가 아닌, 터키의 사람들이었다. 터키인들의 한국인에 대한 애정은 유별나다. 한국인들은 아무 생각이 없는데, 그들은 정말로 한국을 형제의 나라로 생각한다. 유럽의 여느 나라 사람들이 한국인을 일본인, 중국인과 헷갈려 하는데 반해, 터키인들은 신기하게도 한국인들을 잘 알아본다.

장미로 유명한 도시, 이스파르타의 한 식당에서 케밥을 먹고 있을 때다. 갑자기 한 청년이 일행들에게 다가왔다. "저기요. 같이 사진 좀 찍어도 될까요?", "저희를요?", "네. 한국에서 오신 거 맞죠?" 마치 한류스타라도 본 듯, 시골 청년은 신이 나서 사진을 찍어댔다.

데니즐리주 북단의 작은 마을에서도 한국에서 기자들이 왔다고 하니, 동네에서 난리가 났다. 한국전에 참전했다는 할아버지가 찾아와 한국 이야기를 하며 눈물을 글썽이시기 시작했다. 한국에 가기 위해 거대한 배를

28

탄 이야기부터 시작했다. "엄청 커다란 배가 도착했어. 배를 탔는데 가도 가도 끝이 없었어." 30분간 이야기를 하는데도 배가 아직 한국에 도착하지 못했다. "할아버지, 죄송한데요. 제가 다음 일정이 있어서요. 다음에 오면 한국에 도착한 후부터 이야기해 주세요." 할아버지는 고개를 끄떡이시며 물었다. "그런데 남산은 아직 잘 있나요?", "네 그럼요. 아직 잘 있습니다. 제가 남산 아래 살고 있어요." 남산의 안부를 전하며 우린 아쉬운 작별을 했다.

터키 시골의 남자들은 죄다 밖에 나와 있는지, 여자들은 눈에 별로 안 띄고, 시골 동네 골목 어귀에 놓인 의자에는 마실 나온 할아버지부터 10대 소년까지 일렬로 앉아 있었다. 무뚝뚝한 표정의 할아버지들에게 손을 한 번 흔들어 주면, 모두 일제히 해맑게 웃으며 손을 흔들어 준다.

가장 재미있었던 건, 터키 지역 신문에 한국에서 기자들이 방문했다고 대문짝만하게 난 것이다. 가는 곳마다 지역 기자들이 몰려들어 한국 기자들의 사진을 찍어대서 대체 누가 취재를 왔는지 헷갈릴 정도였다.

파묵칼레에서 가장 유명하다는 와이너리를 찾았을 때다. 터키는 유럽에서 프랑스, 이탈리아, 스페인 못지 않게 포도 재배량이 많다. 하지만 이슬람이 국교라 와인 양조 기술이 발달되진 않았고 맛도 다른 유럽 국가에 비하면 뛰어나다고 하긴 어렵다. 파묵칼레 와인은 터키의 여러 와인 대회에서 상을 받은 와이너리라고 했다. "유럽의 프랑스나 이탈리아 와인과 다른 파묵칼레 와인만의 장점이 뭔가요?" 기자들이 묻자 파묵칼레 와인의 마케팅 담당자는 생전 그런 질문은 처음 받아본 것 같은 표정으로 이렇게 말했다. "아 아, 저희 와인은……"(말을 더듬는다). 보통 유럽 유명 와이너리의 양조학자나 마케팅 담당자들은 와인에 대한 자부심도 강하고 설명도 청산유수로 하는데, 팔에 디오니소스 문신을 한 이 청년은 당황한 표정으로 말을 잇지 못했다. "음, 저희 와인은 무조건 맛있습니다. 터키에서 최고의 맛을 자랑합니다."

무조건 맛있다고 한 와인은 정말 맛이 없었지만 그 청년의 팔에 한 포도주의 신 디오니소스 문신은 꽤 멋졌다. 다른 때 같으면 '뭐 이렇게 어설퍼'라며 화가 났을 수도 있을 텐데, 어쩐지 웃음이 났다.

어디에서도 쉽게 말을 거는 터키 사람들, 오지랖 넓기로 치면 이탈리아 맞먹을 거 같지만 터키인들의 오지랖은 이탈리아인들의 유난스러움과 조금 다르게 느껴졌다. 어떤 의도나 잔꾀가 보이지 않는달까. 순수함, 순박함과 다른 어떤 천연덕스러움을 가진 사람들. 한때 세계를 재패했던 민족의 후예답지 않게, 그들에겐 으스댐이 전혀 느껴지지 않았다. 오히려 허술하다.

함께 터키를 여행했던 일행이 나에게 말했다. "하연 씨는 터키인들을 닮았어요. 아주 태연하다 할까?" '태연하다?' 둔하다는 이야기일까? 사전을 찾아보니 '마땅히 머뭇거리다가 두려워할 상황에서 태도나 기색이 아무렇지도 않은 듯이 예사롭다'라는 뜻이었다.

비슷한 말로 '태평하다'와 '천연스럽다'가 있다. 알고 보면 나도 유리멘탈이라고 반박할까 하다가 '태연하다' 라는 뉘앙스가 왠지 마음에 들었다. 알고 보면 소심한 내가 지향하는 삶의 태도일 수도 있다는 생각이 들었다.

순간에는 치열하되, 결과에는 집착하지 않고, 태연 자약하게 사는 삶. '하루하루는 충실하되, 인생은 흘러

가는 대로!' 건너 들은 누군가의 좌우명이 떠올랐다. 이 거 꽤 괜찮은 인생관이지 않은가. '하루하루는 열심히, 인생은 태연하고 담담하게'

우주선도
발레파킹이 되나요?

어릴 적부터 반복해서 꾸는 꿈이 있다. 하늘을 나는 꿈이다. 주로 궁지에 몰려 탈출할 때 하늘을 날지만, 마음만 먹으면 하늘을 날 수 있다는 건 나에게 주어진 마지막 위안이자 희망이었다. 물론 쓰레기 더미 위에 빠지거나, 자석의 같은 극을 밀어내는 것처럼 땅에서 강력한 기운이 나를 밀어내는 바람에 착지를 제대로 못해서 늘 애를 먹지만.

인간이 처음 달에 착륙한 영상을 본 이후, 내 어릴 적 꿈은 우주비행사가 되는 거였다. 다시 태어난다면 NASA에서 일하는 것이 꿈이다. 공중그네도 잘 못 타는 주제에 이런 소릴 하는 건 어차피 이번 생에는 글러 먹었기 때문이라고 생각해서다(친구들과 술자리에서 '부캐' 대결할 때나 써먹을 일이다). 그런데 어쩌면 민간인이 우주여행을 하는 것이 정말 현실이 될 수 있을 거 같다(아마 돈이 없어서 꿈을 이루는 것은 불가능하겠지만).

2020년은 인류의 우주 개발사에 한 획을 긋는 해가 될 수도 있겠다. NASA는 2020년 5월, 첫 민간 유인 우주왕복선 스페이스X '크루 드래곤'을 시험 발사했다. 우주여행 희망자를 태우고 무사히 ISS(국제우주 정거장)까지 가는 것이 '크루 드래곤'의 목표다. 나사 소속의 우주비행사 더글러스 헐리와 로버트 벤켄은 두 달가량 ISS에 머물다 2020년 8월, 지구로 돌아왔다. TV에서 크루 드래곤이 낙하산을 타고 바다 위에 안착하는 모습을 봤을 때는 뭐랄까, 기분이 이상했다. 지구의 해괴한 바이러스와 온난화로 디스토피아적 상상력이 최고조로 달한 지금, 이제 향할 곳은 진정 우주밖에 없는 건가. 어쩌면 우리가 SF영화에서만 봐 왔던 일이 현실이 될지도 모른다는 생각에 흥분이 되면서도 영화 〈인터스텔라〉에서 아빠를 우주로 보낸 머피처럼 복잡한 생각에 빠져드는 거다.

코로나 19 바이러스가 세계적인 대유행이 되면서 많은 전문가들은 코로나 이후의 삶이 크게 바뀔 것이라 예측했다. 한계에 다다른 지구를 벗어나 새로운 자원을 찾고 인류의 영역을 넓힐 수 있다는 점에서 우주 분야에 대한 투자와 연구의 필요성은 더욱 명확해지고 있다. 많은 사람들이 우주여행을 떠나거나 우주로 거주지를 옮기는 데에는 천문학적인 비용이 들뿐 아니라 더 오랜 시간이 걸리겠지만 스마트폰이나 AI 진화의 속도만 보더라도 머지않아 우주여행이 현실이 될 거라는 기대감에 무게가 실리고 있다.

70%!

이 숫자는 테슬라 창업자이자 민간 우주 비행 회사 스페이스X 최고경영자인 일론 머스크가 한 매체 인터뷰에서 밝힌 '우주선을 타고 직접 화성에 갈 가능성'이다. 머스크의 이주에 대한 꿈은 상당히 구체적이고 장기적이다. 스페이스X로 2022년 화성에 화물선을 보내면서 그 꿈은 시작된다. 먼저 현지 수자원 발굴과 자원 채

굴을 위한 초기 인프라를 구축한다. 2024년엔 인간이 탑승한 유인 우주선을 보내고, 향후 50~150년 안에 화성에 최소 100만 명이 사는 자급자족 도시를 만드는 게 목표라고 한다.

"화성행 편도 티켓을 당신에게 준다면? 조건은 다시 지구로 돌아올 수 없다는 것이다." 2013년에는 이런 조건을 걸고, 네덜란드의 비영리단체인 마스원이 화성 이주민 희망자를 모집하는데 무려 20만 명의 사람들이 지원했다. 지원자들 중 최종 합격된 사람들은 합숙 훈련을 하면서 육체적, 지적 능력을 증명하는 관문을 거쳐야 할 것이라고 했다.

우주로 떠나는 여행, 20만 명의 사람들은 무슨 생각에서 화성행을 결심했을까. 호기심이 강하고, 모험을 좋아하고, 멘탈과 육체가 건강하고, 나처럼 SF영화를 즐겨 보는 가족이 없는 싱글일까? 하지만 영원히 지구에 돌아올 수 없는데도 꼭 가야 할 이유는 뭘까?

마스원은 결국 자금 문제로 파산했다.

〈그래비티〉, 〈인터스텔라〉, 〈마스〉 등 우주를 소재로 다룬 영화는 무수하게 많지만, 그중에서도 내게 처음으로 그리고 강렬하게 우주에 관한 환상을 심어준 영화는 1998년에 나온 〈가타카〉다(제가 제법 나이를 먹었습니다). 명확히 말하면 우주여행에 관한 이야기라기보다 태어나면서부터 인간의 유전자를 판독하여 인간의 운명이 결정되는 미래 사회를 그린 영화라 할 수 있다.

열성 유전자를 갖고 태어난 빈센트(에단 호크)는 우주비행사가 되는 꿈을 가졌지만 어떤 시험이나 면접도 통과하지 못하고 청소부 생활을 전전하다 최고의 우주항공회사 가타카에 청소부로 일하게 된다. 그리고 자신의 예견된 미래에 반기를 든 그는 우주비행사가 되기 위해 우성인자를 타고 난 제롬 유진 모로우(주드 로)와 거래를 하기 시작한다. 그는 자신의 열성을 들키지 않기 위해 근시를 감추고, 유진과 같은 키를 맞추기 위해 고통스러운 수술을 견딘다. 유진 모로우로 변신(?)에 성공한 빈센트는 결국 가타카에 입사를 하게 된다.

이 영화는 우주에서의 시간보다 우주로 향하기까지의 지난한 과정이 담긴 영화라 할 수 있다. 부적격자로 못 박힌 신의 자식 빈센트에게 우주여행이란 자신의 출생과 유전자를 부정하며 자신을 증명하는 유일하고 간절한 방법이다. "난 되돌아갈 힘을 남겨 두지 않아서 이기는 거야" 빈센트는 말한다. 인간의 의지가 결국 유전자나 과학기술을 이긴다는 것을 보여 주는데 그의 우주를 향한 꿈이 너무 절박해서 보다 보면 눈물이 나온다.

빈센트가 모든 것을 다 걸고 그토록 바라던 우주는 과연 어떤 곳일까? 〈인터스텔라〉의 쿠퍼(매튜 매커너히)가 사랑하는 가족을 제치고 떠났던 그 우주의 매력은 과연 무엇일까.

화성에는 태양계에서 가장 큰 협곡인 마리너 계곡이 있다고 한다. 길이가 4,023킬로미터, 깊이는 10킬로미터. 너무나 거대하고 웅장해서 그랜드 캐니언은 우스울 정도다. 태양계에서 가장 높은 산, 올림푸스몬스는 높이가 무려 27킬로미터에 달한다. 에베레스트산의 세 배 높이, 칼데라는 런던과 파리, 뉴욕을 합친 것보다 크다고 한다. 화성의 웅장하고 신비로운 모습에 압도되겠지만 아마도 화성에 가고자 하는 이유는 우주를 개척한 사람 1호가 되는 것에 대한 동경 때문이 아닐까. 미지의 세계, 봉인된 세계를 최초로 탐험한다는 건 멋지다는 말로는 뭔가 부족한 아주 대단한 일이니까. 하지만 지구로 돌아오지 못한다면? 난 빈센트처럼, 쿠퍼처럼 떠나진 못할 거다(다시 말하지만 난 돈이 없다).

여행이 아름답고 즐거운 건 돌아갈 집이 있기 때문이니까. 사랑하는 가족과 고양이가 있는 집. 아름다운 자연도 재미있는 도시도 평화로운 휴양지도 좋지만 떠난 지 열흘이 넘으면 집 생각이 나기 시작한다. 돌아가기 싫을 정도로 좋아도, 돌아갈 집이 있기 때문에 오늘의 여행지는 더 소중하다.

그나저나 혹시 로또 당첨처럼 우주여행 보내주기 이벤트에 당첨돼서 화성에 가면 화성인에게 무슨 말부터 해야 할까요? "여기, 우주선, 발레파킹 되나요?"라고 물어야 할까요? 내 우주선도 아닌데 걱정은 왜 할까요?

인생은 계속되고
여행은 이어진다

'우리 언제 리스본 꼭 같이 가요.'

'언젠가 우리 여기 같이 가자'는 말을 좋아한다. 좋아
하는 사람에게 좋아하는 장소가 생기면 현실적인 조건
같은 것은 생각하지 않고, 같이 가자고 말했다. 누군가
가 그런 말을 해주는 것도 좋았다. 어릴 때도 그랬다. 아
빠가 '언제, 여기에 데려다줄게'라고 말하면 그게 어디
든 좋았다. 많은 곳을 가보진 못했지만, 유년 시절 여행
의 기억에는 늘 아버지가 함께였다(엄마는 여행가기 전
날 밤 부부싸움을 해서 못 간 적이 많으셨다).

봄에는 꽃길을 따라, 여름에는 시원한 계곡으로, 가

을에는 울긋불긋 단풍이 물든 산으로, 겨울에는 하얀 눈이 소복이 쌓인 산장으로 동생과 나는 아버지 손을 잡고 길을 나섰다.

어릴 적 집에 슬라이드 환등기가 있었다. 마땅히 볼 필름이 없어서, 집에 있는 필름을 뒤지다가 하얀 박스에 든 필름을 발견했다. '어떤 영상이 나올까?' 두근대는 마음으로 어둠 속에서 안방의 벽을 향해 빛을 쏘았다. 벽에 맺힌 영상 속에는 청년 시절의 아버지가 있었다. 아버지가 청년 시절의 여행 사진을 슬라이드 필름으로 만든 거였다. 파리, 뒤셀도르프, 브뤼셀, 암스테르담……. '아이엠 그라운드 수도 이름 대기' 게임에서 파리, 런던, 워싱턴, 이런 이름이나 겨우 불러보던 시절, 낯선 도시에 서 있는, 내가 존재하지 않던 시절의 아버지 모습을 보았다. 사실 또렷하게 기억하는 척 하지만 당시에는 그저 알 수 없는 낯선 곳이 마냥 신기하기만 했다. 어쩌면 그때부터 여행의 꿈은 시작되었는지도 모른다.

아버지가 결코 부잣집 아들이어서 당시 유럽 여행을 한 건 아니었다. 형제 많은 가난한 집의 아들이었던 아버지는 지질학을 전공하셨는데, 서울에서 대학교를 졸업한 후 국비로 네덜란드로 유학 갈 기회를 잡았다. 네덜란드에서 공부를 마친 후 몇 달간 유럽 여행을 하셨다고 한다.

틈이 날 때마다 나는 슬라이드를 봤다. 아버지의 여행 사진을 흑백 영화처럼 돌려보는 시간을 좋아했다.

이미 필름은 오래전에 사라졌다. 몇 년 전, 본가에 갔다가 돌아가신 아버지의 오래된 앨범을 발견했다. 앨범 속에서 청년 시절의 아버지를 다시 만났다. '우리 아빠 젊을 때 하정우를 닮았었네.' 에펠 탑 앞에서 트렌치코트를 입고 있는 아버지는 배우 못지않았다. 앨범 속에는 나라 별로 사진이 보기 좋게 정리되어 있었다. 도시가 바뀔 때마다 맨 앞 장에 도비라(일본어로 문짝, 대문이라는 뜻, 잡지나 책에서 칼럼이나 파트가 시작되는 첫 장 또는 글이 시작되는 부분을 의미한다)처럼 그 도시의 엽서를 꽂아둔 게 인상적이었다. 여행의 기억을 자신만의 방식대로 기록해 둔 아버지의 꼼꼼함에 놀랐다. 아버지가 갔던 곳의 대부분을 내가 찾았다는 사실을 떠올리자, 아버지와 내가 보이지 않는 어떤 끈으로 연결되어 있다는 생각이 들었다.

얼마 전 친구는 80년 전인 20대 시절에 처자식을 한국에 두고 북경으로 혼자 넘어가 사진관을 운영하셨다는 할아버지가 인편으로 할머니께 보냈다는 '임자, 보게. 이게 얼마 만인가'로 시작하는 편지를 발견하고, 감회에 젖어 들었다고 한다.

그러고 보니 외할아버지 생각이 났다. 일흔 넘은 나이에도 중절모에 백구두를 신고 다니셔서 일명 '정릉의 백구두'로 불리시는 멋쟁이였다. 외할아버지는 젊은 시절 일본에서 대학을 다녔다. 한 마디로 한량 유학생이었는데, 청주의 양갓집 규수였던 외할머니에게 첫눈에 반했다. 구애를 여러 번 했지만, 할머니는 한량인 할아버지를 거들떠보지도 않았다. 그러다 할아버지가 동경에서 보낸 몇 통의 편지에 감동받아 할아버지의 열렬한 구애를 받아들이셨다고 한다. 편지는 보지 못했지만 젊은 시절 할아버지의 모습만으로도 편지가 어떤 문장으로 가득 찼을지 상상이 갔다.

일제 강점기나 1960년대에는 당연히 해외여행이 쉽

지 않았다. 아버지나, 외할아버지, 친구의 할아버지는 분명히 그 시대의 모던 보이였을 것이다. 지금 당시 사진을 꺼내어 봐도 빛바랜 사진 속, 트렌치코트를 입고 있는 당시의 모던 보이들은 하나도 촌스럽지 않다.

모던 보이나 모던 걸은 신문물, 새로운 문화를 받아들이는 것뿐 아니라 여행에서도 앞서 나갔다. 이상과 나혜석은 미지의 세계로 먼저 발을 디뎠다.

화가 나혜석은 조선 여성 최초로 세계 여행을 했다(외교관인 남편의 포상휴가로 주어진 기회였다). 나혜석은 31살이 되던 1927년 용산역에서 파리행 기차표를 샀다. 기차는 40킬로미터 속도로 평양을 지나 시베리아 평원을 거쳐서 유럽으로 향했다. 파리에서 1년 2개월간 머물며 유럽 각지를 여행한 후 미대륙을 둘러보고 태평양을 건너 1929년 3월 2일 배로 부산에 도착한다. 93년 전에 23개월 동안 기차와 배를 이용해 세계 일주를 했다는 건 놀라운 일이다. 더군다나 그 궤적이 완벽히 지구한 바퀴를 돌고 있다니, 나혜석이 세계 여행을 했던 루트대로 여행 코스를 한 번 만들어 봐도 좋겠단 생각이 들

정도다(그러기 위해선 통일이 되어야겠다).

『조선 여성 첫 세계 일주기』는 나혜석이 당시 여러 신문과 잡지에 기고했던 칼럼과 그가 남긴 기행문을 집대성한 책이다. 기차와 배를 타고 먼 시간을 달려간 후 만난 세계는 어떤 모습이었을까? 흥미로운 것은 93년 전에 만난 세계 여러 도시의 모습이 지금과 많이 다르지 않다는 점이다. 그만큼 나혜석이 시대를 앞서 나갔다는 방증일 수도 있겠다. 스위스의 아름다운 자연에 감탄하고, 파리의 음침하면서도 고혹적인 예술에 취하고, 미국의 대륙적 스케일에 놀란다. 여성으로서, 화가로서, 인간으로서의 고민들이 담겨있으면서도 도시에 대한 예스럽지만 솔직한 묘사에 '맞아맞아' 공감하며 고개를 끄덕였다. 그의 도시와 인간에 대한 통찰력은 놀라울 정도다.

"금강산을 보지 못하고 조선을 말하지 못할 것이며, 닛코를 보지 못하고 일본의 자연을 말하지 못할 것이요, 소주나 항주를 보지 못하고 중국을 말하지 못하리라는 말 같이, 스위스를 보지 못하고 유럽을 말하지 못할 만큼 유럽의 자연 경색을 대표하는 나라가 스위스요."

"네덜란드는 凸 느낌은 없고, 凹 감은 있다."

"스위스의 경색이 예쁘고 아담하다 하면 미국의 자연 경색은 크고 잘 생겼다."

"모스크바의 시가는 너절하다. 그리고 무슨 폭풍우가 지나간 듯하여 수습할 길이 없어 보인다. 사람들은 모두 실컷 매 맞은 것 같이 늘씬하고 아무려면 어떠랴 하는 염세적 기분이 보인다."

-『조선 여성 첫 세계 일주기』 중에서

세계 여행은 그의 모든 것을 바꿔놓는 계기가 되었다. 나혜석은 파리에서 만난 최린과의 연애 사건으로 35세의 젊은 나이에 모든 것을 잃고 혼자의 몸이 되었다. 하지만 과연 나혜석은 모든 것을 잃기만 했을까? 그는 떠나기 전 네 가지 문제에 대한 답을 여행을 통해 얻고 싶어 했다. '첫째, 사람은 어떻게 살아야 잘 사나. 둘째, 남녀 사이는 어떻게 살아야 평화스럽게 살까. 셋째, 여자의 지위는 어떠한 것인가. 넷째, 그림의 요점은 무엇인가.'

만일 나혜석의 인생에서 2년여의 여행의 시간이 없었더라면 나머지 시간은 어떻게 살았을까? 조선에서 네 아이의 엄마로 행복한 삶을 살았을까?

"1년 8개월 전에 보던 버섯과 같은 집, 먼지 나는 길 원시 그대로 있다. 다만 사람이 늙고 컸을 뿐이다"

-『조선 여성 첫 세계 일주기』 중에서

늙고 큰 몸으로 돌아온 모던 걸 나혜석, 조선은 그의 날개를 펼치기에 너무나 좁은 곳이었다.

93년 전의 나혜석처럼, 나의 외할아버지, 아버지처럼, 21세기를 사는 우리도 인생과 사랑과 자아와 성취에 대한 해답을 얻기 위해 여행을 떠난다. 이 질문은 인생이란 여행이 계속되는 한 끝나지 않겠지만 나보다 조금 먼저 앞서간 사람들 덕분에 멀리 있던 세상이 조금 더 가까워진 기분이다.

따로 또 같이

부모님에게서 독립해서 혼자 산 지 어언 18년. 지금은 '혼자'인 것에 아주 익숙하지만, 난 '혼자'인 걸 못 견디는 아이였다. 어릴 땐 혼자 노는 게 싫어서 자기가 원하는 걸 충족시켜주지 않으면 아무 데서나 드러눕는 남동생을 어르고 달래가며 함께 집짓기 놀이를 하기도 했다. 물론 한 대 쥐어박고 싶은 마음이 하루에 열 번도 넘게 들었지만 어릴 땐 떼쟁이 동생이라도 있는 게 없는 것보다 덜 외롭지 않을까 생각했다. 외로운 것보다는 조금 불편한 것을 감수하거나, 조금 싫어하는 것과도 타협하는 편이다.

"보고 싶은 공연과 영화를 함께 볼 파트너를 구하느라 애먹느니 차라리 이 모든 것을 당당히 혼자 즐기겠어." 어느 날, 독립 15년 차 싱글인 후배가 말했다.

'맞아맞아'라고 공감했지만 선뜻 혼자 여행을 떠날 엄두는 나지 않는다. 어릴 때에는 가끔 혼자 하는 여행도 즐겼는데, 점점 혼자 하는 여행이 재미가 없다. 혼자 주로 여행을 다니는 친구는 이렇게 말한다. "네가 혼자 하는 여행의 묘미를 몰라서 그래. 혼자 여행을 해야, 남자도 만날 수 있어."

하지만 워낙 길치라 계속 내가 가고 있는 이 길이 맞는 건가 길을 찾느라 스트레스를 받는 것도 이젠 싫고 (구글맵이 있다고 해도), 좋은 것을 보고 함께 맞장구 쳐주거나, 예쁜 것을 보고 사야 할까 말아야 할까 고민될 때 옆에서 조언해 주는 친구가 없으면 여행의 재미는 반으로 줄어드는 것 같다. 혼자 여행하는 것이 가장 불편하게 느껴질 때는 맛있는 것을 혼자 먹어야 할 때다. 먹고 싶은 게 너무나 많은데 두세 개 시켜서 함께 나눠 먹지 못하다니. 물론 이 모든 즐거움은 나와 잘 맞는 여행 파트너를 만났을 때 배가 된다. 잘 맞지 않는 사람과의 여행은 여행 전체의 기분을 망쳐 놓기 일쑤니까.

　여행은 또 다른 자아와 만나는 일이기도 하지만 함께 지낸 세월과 일상을 뛰어넘어 상대의 또 다른 면모를 확인하는 계기가 되어 주기도 한다. 진짜 죽이 잘 맞는다고 생각했던 친구와 여행을 갔다가 마음 상해서 돌아오는 경우도 많고, 커플끼리 갔다가 깨지는 경우도 허다하다. 한 사람은 느긋하게 휴양을 하러 갔는데 한 사람은 그곳에서 바쁘게 일을 해야 하는 상황이라면, 한 사람은 이른 아침부터 관광지 앞에서 인증 사진 찍으며 움직이고 싶어 하는데 한 사람은 노천카페에서 책을 읽으며 여유를 만끽하고 싶어 한다면 그 이후는 안 봐도 비디오.

　아무리 좋은 친구, 친한 친구라도 일주일 이상 함께 생활하다 보면 미묘한 신경전이 생기게 마련이다. 그럴 때면 가끔씩 각자 원하는 대로 돌아다니다가 저녁때 만나기도 한다. 몇 년 전 친구와 베를린과 프라하 여행을 갔을 때다. 함께 여행한 지 일주일째 되는 날, 슬슬 뭔가 둘 사이에 알 수 없는 미묘한 공기가 감지되기 시작했다. 짐을 들고 걷기 싫어하는 나는 호텔까지 택시를 타고 가자고 했고 친구는 전철을 타고 가자고 했다. 무거운 짐 가방을 들고 호텔을 찾아 헤매다 지친 나는 '다음부터는 내가 택시비를 낼 테니 제발 짐이 있을 땐 택시를 타자'고 친구에게 말했다. 친구들과 여행을 여러 번 해보면 평균적으로 여행을 한 지 6일 이후부터 작은 신경전이나 마찰이 생기기 시작한다.

취향도 달랐던 우리는 혼자만의 시간이 절실해졌다. 여행 막바지에 이르러, 친구는 아웃렛에서 쇼핑을, 나는 프라하성 근처를 산책하기로 했다. 호젓하게 산책을 즐기기 시작한 지 3시간쯤 지나 출출해져 카페에서 간식이나 먹을까 하던 차, 누가 뒤에서 내 등을 두드렸다. 친구가 아웃렛에 별로 볼 게 없다며 쇼핑을 포기하고 연락도 하지 않고 나를 찾아온 것이었다. 불과 몇 시간 만에 만났는데도 얼마나 반갑던지, 누가 보면 수십 년 연락 끊긴 친구를 머나먼 타국에서 우연히 만난 줄 알았을 것이다.

각자 떨어져 다니면서 한 사람은 생애 최고의 추억을 만들 수도 있고, 한 사람은 함께 온 친구를 그리워하며 헤매다 올 수도 있겠지만 잠시 떨어져 지내다가 만나면 '역시 함께 오길 잘했구나' 생각이 든다.

모든 게 내 마음 같을 순 없다. 피할 수 없다면 즐기고, 헤어질 수 없다면 하나는 양보해야 즐거운 여행이 된다. 이러한 '공생의 법칙'은 비단 여행지에서 지켜야 할 룰만은 아니다. 삶이란 여행에서도 마찬가지다.

사는 게 팍팍하고 치유가 필요할 때 반복해서 보는 영화가 있다. 오기가미 나오코 감독의 〈안경〉이다. 다섯 번 이상은 본 거 같은데 볼 때마다 슴슴하지만 몸에 좋은 건강식을 먹은 듯한 기분이 든다. 아니 정확히 말하면 영화 속 사쿠라 아줌마가 만들어 준, 다른 토핑 없이 정성스럽게 쑨 팥만 들어간 팥빙수를 먹은 기분이랄까.

영화의 내용은 이러하다. 세상과 단절된 곳에서 조용히 나만의 시간을 보내기 위해 바닷가 마을을 찾은 타에코(고바야시 사토미)는 작은 시골 마을에서 낯선 상황과 맞닥뜨리게 된다. 마음씨 좋지만 속을 알 수 없는 민박집 주인 유지와 매년 찾아오는 수수께끼 빙수 아줌마 사쿠라(모타이 마사코), 시도 때도 없이 민박집에 들르는 선생님 하루나(이치카와 미카코), 아침마다 바닷가에 모여 기이한 체조를 하고 꼭 함께 모여 밥을 먹으며 하루하루를 보내는 그들의 행동에 당황하는 타에코는 민박집을 바꾸려고 하다가 다시 돌아와 독특한 마을 생활에 적응하기 시작한다.

완벽히 혼자만 있고 싶어서 떠난 여행에서 타에코는 자기들만의 방식으로 '따로 또 같이' 살아가는 바닷가 마을 사람들에게 위안을 받는다. '인간은 섬이 아니다'는 사실을, 작은 섬마을에서 깨달았던 것이다.

바닷가에서 체조를 하던 기이한 광경에 사로잡힌 나는 영화의 촬영지가 오키나와의 북쪽에 위치한 요론섬이라는 것을 알게 됐다. 요론섬을 가려고 알아보다가 가지 못하고, 대신 오키나와의 많은 섬 중에서도 아름답기로 유명한 섬 다케토미에 갔다. 다케토미는 국가 중요 전통 건축물 보존지구로 토박이들이 제집 창틀 하나 마음대로 바꿀 수 없는 곳이라고 한다. 어쩌다 이 섬에 있는 일본 럭셔리 료칸의 대명사 '호시노야'를 둘러 볼 기회가 생겼다. 작은 섬에 고급 리조트가 들어선 것에 곱지 않은 시선도 있었지만 다케토미의 이장은 호시노 리조트 대표에게 '우리 마을을 구해 주십시오'라고 편지를 보냈다고 한다. 그렇게 호시노야 고유의 모토, 보존지구의 특별건축규정, 주민의 까다로운 요구를 모두 만족시키면서 부락을 완성하는데 꼬박 7년이 걸렸다고 했다. 영화 속에서처럼 한적한 바닷가 풍경도 마음에 쏙 들었지만 이런 스토리를 알게 되자 다케토미섬이 더 좋아졌다. 이 또한 마을 주민과 리조트, 전통과 현대, 자연과 인간의 공생이 이룩한 결과다.

여행 파트너는 물론 하다못해 작은 책을 만드는 편집부 안에서도 공생은 중요하다. 흔히 잡지는 '편집장의 것'이라고 한다. 나도 십수 년간 기자 생활을 하며 그렇게 생각했다. 물론 편집장에겐 선택의 권한이란 게 있지만 그것이 마음대로 할 수 있다는 의미는 아닐 것이다. 전체적인 방향성을 제시하는 건 편집장이지만 여행을 다녀온 당사자만이 알 수 있는 그들만의 앵글이 있고, 그것을 디자인하는 아트 디렉터만의 시선이 있다. 책을 만드는 구성원들의 시각과 앵글, 재능이 보기 좋게 조화된 책이 가장 좋은 잡지라고 생각한다. 비단 잡지뿐이겠는가.

영화 〈라이프 오프 파이〉에서 파이는 자신에게 해를 입힐 줄 알았던 벵갈 호랑이 리처드 파커 때문에 결국 살아남을 수 있었다고 이야기한다. 누군가에게 내가 리처드 파커가 될지 파이가 될지 알 수 없지만, 망망대해에 외롭게 혼자 떠 있으니 나 또한 파이처럼 벵갈 호랑이와의 공존을 선택하려고 한다.

일단 하고 봅니다,
후회하지 않으려고요

　여행작가 선배가 베를린에서 만난 남자와 베를린으로 살러 갔다. 그 소식을 듣고, 가슴이 막 두근댔다. 살면서 누군가를 부러워한 적이 별로 없었는데, 사랑하는 남자와 크리스마스 마켓 엔젤 아래서 키스하는 사진을 보니 기분이 이상했다. 천생연분을 만나서 부럽다기보다, 베를린에 가서 사는 게 부럽다기보다 나 못지않게 시니컬한 선배가 중년의 나이에 갑자기 사랑에 빠져서 서울 생활을 정리하고 떠날 수 있는 용기, 그 자체가 부러웠다.

　뜬금없이 후배가 물었다. "선배, 여행을 많이 하다 보면 여행지에서 만난 남자와 사랑에 빠지는 일도 많지 않아요?" 여행지에서의 로맨스. 누구나 한번 꿈꿔 볼 만하지만 그렇게 많은 여행을 했건만 20년 전 함께 그룹 배낭여행을 갔던 남자 후배와 손잡고 다녔던 기억이 내 유일한 여행의 로맨스다. 귀여운 그 친구는 그룹 누나들의 사랑을 독차지해 모든 누나들에게 손을 잡혀야 했으니. 정확히 말하자면 로맨스라 할 만한 거리도 아니다(나 뭐 한 거니? 대체).

소설가 김영하의 에세이 『보다』에는 젊은 시절의 그가 비엔나에서 만나 부다페스트를 거쳐 아테네까지 함께 여행한 여인에 관한 이야기가 나온다. 여행지에서 한번은 일어났으면 하는 로맨스의 한 토막이다. 여행 로맨스 로망의 전형 하면 영화 〈비포 썬라이즈〉를 빼놓을 수 없다. 그래서 셀린(줄리 델피)과 제시(에단 호크)는 다시 만났을까. 여운과 궁금증을 남겼던 영화는 〈비포 썬셋〉, 〈비포 미드나잇〉 시리즈로 이어지면서 그들의 만남이 운명이었음을 보여주었다. 〈비포 미드나잇〉에서 40대에 다다른 셀린은 제시에게 묻는다. "지금의 나를 만난다면 이번에도 기차에서 뛰어내릴 건가요?"

비엔나에서 만난 사람과 현재 살고 있지 않은 김영하는 그의 책에서 그럴 수 없을 것 같다고 썼다. 그런 행동은 스물여덟 살에게나 어울리는 행동이기 때문이란 이유에서였다. "그럼 40대의 남자에게는 무엇이 어울리나? 바로 지금 하고 있는 것들. 극장의 어둠 속에 몸을 파묻고 영화 보기, 달콤쌉싸름한 회고담 늘어놓기, 그러다 혼자 괜히 쓸쓸한 기분에 젖어 맥주 마시기, 그리고 글쓰기." 물론 나에게도 지금 누가 묻는다면? 김영하 작가와 비슷한 대답을 할지도 모른다.

몇 년 전, 다큐멘터리 〈아마존의 눈물〉과 〈남극의 눈물〉을 만든 김진만 피디의 강연을 들었다. 유머러스한 언변 때문에 중간중간 배꼽 잡고 웃는 가운데 울 뻔했던 순간이 있었다. 시청률이 나오지 않는 다큐멘터리의 열악한 제작 환경을 희화한 유머러스한 화법 안에는 진정성이 담겨 있었다. 사실 성공한 사람들의 강연을 그렇게 좋아하는 편은 아니다. 무용담처럼 늘어놓는 자신의 성공담이나 도식화된 성공의 정의가 지겹기 때문이다. 그런데 어떻게 보면 직장에서 자신의 일을 열심히 하는 한 직장인이라 할 수 있는 피디의 경험담은 내가 들어 본 수많은 강연 중 특별하게 와닿았다.

물론 그는 평범한 사람이라고만은 할 수 없다. 방송국 안에서도 기피(?)하는 다큐멘터리를 만드는 감독이며, 불가능하다고 생각했던 남극과 아마존으로 갖가지 위험을 무릅쓰고 떠난 사람이니까. 게다가 다큐멘터리로 스타가 된 감독이기도 하고. 월급을 받으니까, 출장비가 꽤 짭짤하니까, 책임질 딸린 식구가 없으니까, 떠나기 쉬웠을 거라고? 천만의 말씀. 아마존에서의 1년, 남극에서의 1년은 여느 출장과 달랐을 거다. 독거미, 독사, 독을 뿜어대는 식물까지 정체를 알 수 없는 독충과 동물들, 견디기 힘든 무더위와 습기, 혹독한 추위, 알 수 없는 질병들과의 싸움은 물론 여러 가지 예측 불허의 상황들과 대면해야 했으니까. 카메라 감독이 말라리아약을 먹으면 부작용으로 몸이 둔해질 수 있다고 해서 먹지 않겠다고 하자 피디와 스텝들도 말라리아약을 먹지 않았다고 했다. 또 남극에선 목도리와 모자를 하면 카메라와 안경에 김이 서려서 카메라 감독이 모자와 목도리를 하지 않겠다고 하자 피디와 다른 스텝들도 모자를 벗고 촬영하느라 동상에 걸리기도 했다. 조연출은 거울을 보면 도시로 나가고 싶어질 것 같아 아마존에 있는 동안 거울을 보지 않았다고 했다.

김진만 피디의 많은 말 중에 가슴에 박힌 한 마디가 있었다. "마크 트웨인이 이런 말을 했습니다. '20년 후에 당신은 아마 당신이 한 일 보다 하지 않은 일에 대해 후회할 것이다'라고요." 왜 당신은 떠나는가. 왜 당신은 위험 속으로 뛰어드는가. 왜 당신은 모험을 두려워하지 않는가. 내가 그에게 묻고 싶었던, 아니면 우리 스스로에게 묻고 싶었던 질문에 대한 답이 바로 그 한 마디로 설명되는 것 같았다.

『더 트래블러』 잡지에서 L 기자가 아마존을 다녀온 적이 있다. 편집장은 열흘 넘는 출장을 잘 못가기에 아프리카와 남미 출장은 기자들 차지였다. L은 페루가 품고 있는 아마존에 갔다. 나의 버킷리스트 중 하나였던 페루의 나스카 상공 날기와 머리카락을 휘날리며 사막에서 보드 타기를 후배 기자가 하고 왔다. 아마존에서 찍어온 사진들을 보며 부러워하는 와중에 우연히 L의 책상에서 그녀가 8일의 낮과 밤 동안 아마존에서 직접 펜으로 쓴 일기가 있는 수첩을 발견했다. 작은 수첩에 깨알같이 쓴 글씨가 보였다.

개똥지빠귀, 차찰라카, 마코앵무, 스크리밍 피하, 아나콘다, 피라냐, 크로커다일, 왕수달, 타란튤라, 모르포 나비, 테이퍼, 호아친, 마카앵무, 몽키스 핑거, 군대 거미. 아노나, 바나나, 코코넛, 파파야, 노니, 치림야, 코리앤더······ 수첩에 빼곡하게 적혀있는 아마존에 서식하는 동식물의 이름들. 흙의 단내, 벌레들의 엇박 합주, 얕은 바람에서 슬며시 느껴지는 짐승의 몸내, 살짝 젖은 공기의 촉감······. 그녀가 본 정글의 맨얼굴이 수첩 안에 꼼꼼히 기록되어 있었다. 깨알같이 쓴 일기만으로도 얼마나 아마존에서 충실한 시간을 보냈는지 짐작할 수 있었다. 그 후 건네받은 원고가 더 역작이었음은 두말하면 잔소리.

평범한 사람들에게는 유럽 여행도 몇 번을 고민하고 몇 달간 돈을 모아서 고심해야 갈 수 있는 소중한 휴가다. 몇 년간 직장 생활해서 모은 돈으로 어학 연수를 떠나려면 정말 큰 용기가 필요하다. 몇 년 동안 모은 돈으로 다른 나라의 낯선 도시에 가서 1년 살고 오는 게 어떤 의미가 있을까 망설여지기도 한다. 그런 우리들에게 어쩌면 아마존은 아주 멀리 있는, 좀처럼 가기 힘든 곳의 상징일 것이다.

기자의 원고를 읽고 난 후 여하연의 아마존 버킷리스트를 다시 작성했다. 아마존 열대 우림 트레킹, 캐노피 산책로 탐험하며 만난 동물 이름 알아 맞추기, 잉카테라 로지 객실 마드레 데 디오스 강 옆 해먹에서 잠들기, 아마존 농장에서 수확한 채소들로 쿠킹 클래스.

비단 여행뿐만이 아닐 것이다. '할까? 말까?' '시작해도 될까? 말까?' '좋아해도 될까? 말까?' 등 하고 싶었지만 망설여졌던 일, 실패할까 혹은 상처받을까 두려워 시작하지 못했던 일, '너무 늦지 않았을까' 고민했던 일, 이 모든 일을 과감히 시작하기로 결심했다. 20년 후에 후회하지 않으려면.

그러니 아까 셀린이 제시에게 했던 질문에 대한 대답을 정정해야겠다. 20대에도 뛰어내린 적이 없으니, 이젠 과감히 기차에서 뛰어내리겠다고(발목 삐지 않게 조심).

살까? 말까? 망설여질 땐 사고, 말할까? 말까? 할
때는 말하지 말라고 하더군요.

2부

하루와 인생을
살아가는 태도에 대하여

저도 내성적인 사람입니다만

MBTI 검사란 게 있다. 친구들 사이에선 10년 전부터 인기였는데 요즈음 들어 갑자기 화제가 되기 시작했다. 한 TV 프로그램에서 드라마 〈사이코지만 괜찮아〉 주인공 고문영(서예지)의 성격을 MBTI로 예를 들어 설명했는데, 어찌나 공감이 가던지 소리 내어 웃었다.

MBTI는 작가 캐서린 쿡 브릭스와 그의 딸 이저벨 브릭스 마이어스가 카를 융의 성격 유형 이론을 근거로 개발한 성격 유형 선호지표다. 설명을 더 이어가자면 이 지표는 본래 제2차 세계대전 당시 징병제로 인해 발생한 인력 부족 문제로 남성 노동자가 지배적이었던 산업계에 여성이 진출하게 되면서 이들이 자신의 성격 유형을 구별하여 각자 적합한 직무를 찾도록 할 목적으로 개발되었다고 한다. 주관적 관점으로 만든 지표인 데다 나중에 자료를 짜깁기한 성격이 커서 이 이론이 쓸모없다고 주장하는 학자들도 있긴 하지만, 어쨌거나 개그 프로그램에까지 써먹을 정도로 대한민국에서는 현재 MBTI 열풍이 불고 있다.

MBTI 검사는 에너지 방향(외향E, 내향I) - 인식 기능(감각S, 직관N) - 판단 기능(사고T, 감정F) - 생활 양식(판단J, 인식P) 등 네 가지 선호지표를 토대로 16가지 성격 유형으로 구분하는데, 나는 10년간 부동의 'ENFP'다. 정리하자면 외향형(Extraversion) - 직관형(Intuition) - 감정형(Feeling) - 인식형(Perceiving)이다. 유명인 중에 ENFP 형은 BTS의 뷔와 RM, 이효리, 홍진영, 할리우드 배우 중엔 로버트 다우니 주니어, 로빈 윌리엄스, 쿠엔틴 타란티노 등이 있다고 한다. 영화나 만화 캐릭터 중엔 〈찰리와 초콜릿 공장〉의 윌리 웡카, 〈헝거 게임〉의 피타 멜라크, 〈섹스 앤 더 시티〉의 캐리 브래드쇼, 〈하울의 움직이는 성〉의 하울이 ENFP라고 한다.

유명인의 성격까진 잘 모르겠고, 영화 만화 캐릭터를 보면 내가 ENFP가 맞는 거 같기도 하고, 10년 동안 몇 번을 검사해 봐도 계속 같은 결과가 나오니 그런가 보다 하고 있다. 가장 공감했을 때는 후배가 "선배, ENFP가 세상을 지배하면 지구가 멸망한대요"라고 말했을 때다. '그런데 ENFP가 과연 세상을 지배할 수나 있을까?'

하지만 가끔 나도 반박하고 싶을 때가 있다. 다른 건 모르겠지만 '난 내향적인 사람이야'라고 소리치고 싶을 때가 있다. 이렇게 말하면 내 친구들은 입을 모아 말한다. "말도 안 돼. 내향적인 사람은 그렇게 매주 사람들을 집에 불러 홈파티 하지 못해요." "그렇게 자기 얘기를 많이 하는 사람이 내향적이라고요? 오호 절대 아니에요." 그래 맞는 말이다. 내향적인 사람은 타인에게서 에너지를 얻는 것보다 혼자만의 시간을 보내며 에너지를 얻는 것을 선호한다. 그러니 사람들을 불러 모아 이것저것 먹이며 흐뭇해하는 내가 내향적인 사람으로 보일 리가 없다.

퍼센트로 따지자면, I보다는 E가 비중이 더 높을 것

이다. 그러나 ENFP인 나는 낯가림이 심하다. 학창 시절엔 낯가림이 더 심했다. 고등학교 때 남몰래 담임인 영어 선생님을 좋아했는데, 선생님을 좋아하는 마음을 표현할 수 있는 방법이 영어를 잘하는 것밖에 없어서 죽어라고 공부를 했다. 영어 성적이 올라가자, 선생님이 어느 날 나에게 이렇게 말했다. "하연이는 모르는 거 없니? 다른 친구들은 쉬는 시간에 교무실에 모르는 거 물어보러 많이 오는데 너는 왜 물어보러 오질 않니?" 속으론 '저도 물어보러 가고 싶어요. 하지만 어떻게 혼자 가지?' 속앓이를 하면서도 끝내 선생님에게 찾아가지 못했다. 대학 시절에는 잘 알지 못하는 선배나 친구들과 이야기하는 것이 어려워서 친한 친구랑 함께 가지 않으면 과방이나 동아리방의 문도 못 두드렸다. 물론 친한 친구 몇명과는 아주 잘 떠들고, 심지어 웃겨서 내 베프는 다른 사람들에게 내 대변인처럼 말하곤 했다. "얘 정말 웃겨요. 이렇게 재밌는 친구 처음 봤어요."

그렇게 20대 초반을 보내고 기자로 일하게 되면서 내 성격은 점차 바뀌었다. 낯선 사람을 만나서 인터뷰하는 게 직업이다 보니 점차 외향적인 사람이 되어갔다.

하지만 좋아하는 사람을 단둘이 만나는 것은 여전히 긴장되는 일이고, 지금도 중요한 일로 누군가를 단둘이서만 만나야 할 때면 그 전날부터 마음이 무거워진다. 둘만 만났을 때 어색함과 침묵을 견디지 못해 횡설수설 쓸데없이 떠들다가 분위기가 더 어색해져서 난감할 때도 있다.

사교적인 성격으로 보이지만, 사실 나는 낯선 사람이 많은 자리를 좋아하지 않는다. 혼자서 커피나 밥은 먹지만 바에서 혼자 술을 마실 때는 모르는 사람, 특히 모르는 남자가 말을 걸어오면 어쩌지? 하는 경계심 때문에 맘 편히 마시지도 못한다(이런 경우는 낯선 사람이 두렵다기보다 성가시다는 게 솔직한 표현일 거다).

네 명 이상의 사람이 모이는 자리, 그러니까 한 테이블이 넘는 술자리는 가급적 피한다. 잘 모르는 사람들과 겉도는 이야기를 하다가 허무하게 헤어지는 만남에서 적잖은 스트레스를 받는다. 친한 사람이 아닌 오늘 처음 본 사람의 아버지가 건물이 몇 채 있고, 전 남편이 뭘 했고, 주식으로 얼마를 벌었고 날렸고 하는 이야기를 들으며 대충 맞장구를 치고 온 날이면 피로감이 극에 달해서 잠도 잘 못 이룬다. 스탠딩 파티나 행사도 고역이다. 스탠딩 파티장에 도착하면 아는 사람을 찾느라 바쁘다. 모르는 사람과 샴페인을 마시면서 칠링하는 시간은 30분으로 족하다.

사람들은 말한다. "네가 무슨 낯가림이 심하다고 그래. 너 정도면 사교성이 많은 편이야." 낯선 사람들에게 둘러싸인 자리에서 인터뷰를 해야 할 때, 라디오나 TV 방송을 나갈 때, 혹은 많은 사람들 앞에서 강연을 할 때 나는 나에게 장착된 사회성 버튼을 누른다. 소심하고 내성적인 여하연은 말 잘하고, 활달한 여하연으로 바뀐다. 사회생활을 오래 하다 보면 이 정도 컨버팅은 어렵지 않다.

물론 좋아하는 사람, 오래 알고 지낸 사람과 함께 보내는 시간은 즐겁고 유쾌하다. 나는 친구들과 잘 웃고 떠든다. 내 이야기 하는 것을 좋아하고(너무 말을 많이 해서 별명이 TMI다) 친구들을 누군가에게 소개해주는 것도 좋아한다.

하지만 '나는 활달하고 긍정적인 사람이고, 많은 사

람과 즐겁게 교류하는 가운데 내 삶의 에너지를 충전한다. 이런 즐겁고 유쾌한 나를 사람들은 사랑한다.' 어쩌면 오랫동안 이 공식에 스스로를 가둬서 내 마음이 어디로 향하는지 잘 모르고 있던 것은 아닐까 하는 생각이 들기도 한다.

30대 초반, 다니던 교회의 목사 사모님이 미술치료사였다. 당시 힘든 일이 있어서 상담을 부탁했는데, 이런 말씀을 하셨다. "하연씨는 스스로를 외향적인 사람으로 알고 있겠지만 하연씨 마음 안에는 아주 작은 어린아이가 웅크리고 앉아 있어요. 가끔 그 아이의 마음을 보듬어 주세요."

선생님은 내가 내향적인 사람이라고 했다. 내성적인 것과 내향적인 것은 조금 다르다. 내향성이란 에너지를 외부로부터 얻는 것이 아니라 내부로부터 얻는 것을 말한다. 좀 쉽게 설명하자면 외향적인 사람들은 여가, 사람들과의 만남, 여행 등 외부 활동을 통해 에너지를 충전한다면 내향적인 사람들은 주로 조용한 공간, 혹은 정체된 공간에서 집중을 필요로 하는 활동, 이를테면 사색에 잠기거나 독서를 하거나 낮잠을 자면서 에너지를 충전한다.

카를 융 심리학에서는 '내향적'은 성격에 대한 방향성을 정의한 것이고 '내성적'은 사람의 성격으로서 특징적인 부분을 설명할 때 사용한다. 내향적인 것과 내성적인 것은 비슷하지만 같은 건 아니란 것이다. 융은 개개인이 다소 더 내향적, 외향적일 수는 있지만 사람이 내향적 혹은 외향적이기만한 경우는 없다고 했다. 표면의식에서 표현되는 태도 이외의 무의식에서는 정반대의태도가 존재하여 그 둘의 구분이 모호하기 때문에 겉으로 외향적인 사람의 내면에 내향성이 존재한다는 것이다. 쉽게 설명하면 아무리 소심한 사람이라도 친한 친구나 본인이 관심 있는 분야에선 충분히 외향적일 수 있고 평소 외향적인 사람도 가끔은 혼자만의 시간을 필요로한다. 내향성과 외향성은 상황에 따라 변할 수도 있다는얘기다.

문득 2015년 개봉한 애니메이션 〈인사이드 아웃〉이 떠올랐다. 영화는 11세 소녀 라일리의 머릿속을 다룬다.

기쁨, 슬픔, 버럭, 까칠, 소심, 다섯 가지 감정의 캐릭터들은 바쁘게 활동하며 주인공의 뇌 속에서 각각의 감정 상태를 분담한다. 그중 슬픔은 라일리에게 해로운 감정으로 여겨진다. 슬픔이는 왜 있는 거지? 다른 감정들은 아무 일도 하지 않고 주저앉아 울게만 만드는 슬픔이를 밀어내려고 한다. 영화가 전하려고 한 메시지는 사람에게 쓸모없는 것으로 여겨지는 슬픔도 꼭 있어야 하는 감정이라는 것. 슬퍼야만 슬픔을 극복할 수 있고 또 기뻐할 수도 있다는 거다.

모든 사람에게 해당되는 보편적인 성격의 특성을 자신의 성격과 일치한다고 믿으려는 현상을 '바넘 효과'라고 한다. 심리 테스트의 맹점을 지적할 때 많이 언급되는 심리학적 용어다. 나도 남도 알 수 없는 다양한 인간 군상이 어떻게 16개 타입 안에만 속하겠는가.

E(외향적)든 I(내향적)이든 결국은 중요한 건 테스트 결과가 아니라 그냥 '나 자신'이다. 외향적인 내 안에 내향적인 내가 있고, 사람들과 즐겁게 떠들면서도 외로워하는 내가 있다. 기쁨과 슬픔이 언제나 함께하듯 나는 사람들에게서 에너지를 얻기도 하지만 나 혼자만의 시

간이 반드시 필요한 사람이다. 그 혼자만의 시간에는 웅
크려 있는 내 또 다른 자아(그게 슬픔이든 소심이든)를
잘 보듬어 주어야겠다. 토닥토닥!

나이 드는 게
뭐 어때서

패션잡지의 기자를 했을 시절, 많은 배우들을 인터뷰했다. 언제부턴가 항상 묻는 질문이 있었다. "당신이 기대하는 나이가 있나요?"

어쩌면 이 질문은 스스로에게 던지고 싶었던 질문인지도 모른다. 당시 나는 지쳐 있었다. 언제까지 지금의 커리어를 계속 이어갈 수 있을지 불안했다. 과연 마흔이 넘어서도 이 일을 계속 할 수 있을까? 감각도 떨어지고, 체력도 떨어지고, 결혼하면(그땐 결혼을 할 줄 알았다) 밤도 새기 힘들 텐데, 소모적인 일을 언제까지 할 수 있을까?(생각해 보면 한창 일할 나이였는데 왜 그랬을까. 젊을 때는 젊음을 모른다더니) 여배우들은 과연 어떨까. 나이가 드는 게 두렵지 않을까? 메릴 스트립조차 마흔이 넘은 여배우가 마음에 드는 배역을 고를 수 있는 가능성은 높지 않다고 말했는데 한국의 여자 배우들은 이런 불안감을 갖고 있지 않을까 궁금했다. 30대 중후반을 넘긴 많은 배우들이 이렇게 말했다. "나이가 드는 건 생각처럼 나쁘지 않다"고. 마음이 넓어지고, 여유가 생기고, 예전엔 몰랐던 것들을 알게 되면서 현명해지는 것 같고…… 이런 답을 들을 때마다 위안이 되었다.

어떻게 나이가 드는 게 좋기만 하겠는가. 나이가 드는 건 분명 두려운 일이지만 그래도 막상 닥치면 그냥 자연스럽게 받아들이게 된다. 어느 시점부터는 방아쇠를 당긴 총알처럼 무서운 속도로 나아간다는 게 문제지만.

유치원 다니던 시절엔 빨리 어른이 되고 싶었고(이모가 신고 다니는 뾰족구두 신게), 10대 시절에도 빨리 스무 살이 되고 싶었지만(술 마시게), 그 후로는 시간이 천천히 지나가길 바랐다.

스물아홉 살 12월 31일, 서른을 목전에 둔 밤에 친구들은 병나발을 불며 30대가 징그럽다고 내일이 오는 게 싫다고 악을 썼지만 30대가 되는 게 나는 왠지 설렜다. 어른들이 말하는 인생의 황금기라는 20대가 나는 너무 지루했다. 원하던 대학을 가지 못했고, 마음에 들지 않는 학교를(재수할 자신과 의지도 없었다) 꾸역꾸역 다니면서 다른 곳에 서 있는 나를 꿈만 꿨다. 현실에 발을 붙이지 못한 대학 시절이 만족스러울 리가 없었다. 공부를 열심히 하지도 그렇다고 신나게 놀지도 못한 채 어영부영 시간을 보내며 빨리 이 지루한 시절이 지나가길 바랐다. 마르그리트 뒤라스의 『연인』을 읽으며 뒤라스처럼 나이가 들어버렸으면 좋겠다고 생각했다. 불같이 뜨거운 사랑을 하는 10대보다 세월이 빨리 흘러 그 시절을 회상하는 노인이 되었으면 좋겠다고 생각했다.

대학을 졸업한 후 사회생활을 시작하면서 나는 활기를 되찾았고, 일하면서 내 존재의 의미를 되새겼다. 들어가고 싶었던 잡지사에 들어갔고, 일을 핑계로 만나고 싶었던 사람들을 많이 만났다. 파울로 코엘료를 만나러 파리에, 안도 다다오를 만나러 오사카에 갔다. 애정하는 배우와 하와이와 호주, 남프랑스 등으로 촬영을 떠났다.

매달 마감을 하느라 한 달의 일주일은 새벽까지 일을 하고, 연애는 생각처럼 쉽게 풀리지 않았지만 기쁨도 슬픔도 극명한 30대를 보내며 "인생의 화양연화는 30대야" 하고 중얼거렸다.

마흔 살이 되자 30대와 헤어진다는 것이 조금 섭섭했지만, 비로소 내 인생이 시작된다는 느낌이 들었다. 이직을 해야 하나 전직을 해야 하나, 진로 고민을 하고 있을 때 좋아하던 잡지(『더 트래블러』)에서 편집장으로 와 달라는 제안을 받았다. 그때 나는 살면서 처음으로 '간절히 원하는 것은 이루어지는구나'라는 생각을 했다. 출근을 앞두고 태국 치앙라이의 고급 리조트로(내 생애 처음으로 고급 리조트에 묵어 봤다) 여행을 갔다. 올 인클루시브 리조트(숙박 요금에 음료와 혹은 식사까지 포함된 리조트)의 내 방 미니바에서 매일 원하는 술을 꺼내 먹으며 "나쁘지 않은 마흔 살이네"라고 생각했다.

어쨌건 오랜 시간 동안 고민했던 커리어의 문제는 뜻하지 않게 원하던 방향으로 해결이 된 듯했고, 오랜 시간 지지부진한 관계를 이어왔던 남자 친구와는 헤어졌다. 그리고 고양이 한 마리를 더 입양했다. 아이를 유치원 버스에 태워 보내는 대신 출근 택시에 몸을 실었고, 아이들의 종알종알 대는 소리를 들으며 하루를 마무리하는 대신 고양이가 그릉그릉 대는 소리를 들으며 하루를 마쳤다. 아파트나 주식에 투자를 하는 대신 매달 어디론가 떠나기 위해 캐리어를 끌고 집을 나섰고, 가족과 주말 캠핑을 가는 대신 월요일 출근을 앞두고 슬슬 우울해지기 시작하는 일요일 오후에 친구들과 누군가의 집에 모여 선데이 칠링 파티를 했다. 20대 초반에 꿈꾸던 40대의 삶과는 거리가 있지만 종종 행복하다는 생각을 했고, 미워하는 사람이 많지 않은 삶을 살게 되어 다행이라고 생각했다.

40대 중반을 넘어 후반을 향해가자 내 삶에는 작은 균열이 생기기 시작했다. 여느 날과 같이 출근을 했지만 종이 잡지 시장은 급격한 하향 곡선을 그렸고, 내 어깨에는 레거시 미디어 종사자의 피로감이 매일 매일 내려앉았다. 월요일 팀장 주간 회의를 마치고 나올 때마다 회의감이 커졌고, 출장 가방을 쌀 때마다 '이번 출장이 마지막 출장이겠군'하고 생각했다. 한참 어린 나이의 후배들과의 술자리에 가면 웃고 있지만 은퇴를 앞둔 운동 선수처럼 마음 한구석에는 알 수 없는 우울함이 자리 잡았다.

커리어의 불안감은 다른 것에도 영향을 미치기 시작했다. 빵빵한 통장 잔고도, 언제나 내 편은 아니어도 힘들 땐 내 편이 되어줄 수 있는 가족도, 무료한 주말 오후를 함께 보낼 연인도, 대한민국 사람들에게 빽이 되어준다는 집도 없는 40대 중반의 싱글녀로서 살아가는 것에 대한 본질적인 고민이 시작된 것이다.

이럴 때 나보다 하루라도 더 산 인생의 선배들, 나보다 덜 살았지만 마음 속에 든든한 뿌리를 내리고 사는 싱글 친구나 선후배들과 나누는 대화가 삶의 힌트가 된다.

나 : 드라마 〈키스 먼저 할까요?〉의 감우성처럼 욕실에 갇히지 않게 비상 연락망을 짜야 해. SNS 업데이트를 3일간 하지 않으면 살아있나 확인하기.

친구 A : 인스타를 안 하는 사람은?

나 : 일주일간 연락 없으면 전화하기.

친구 A : 일주일은 너무 빨리 가잖아. 게다가 우린 지금도 그렇게 자주 연락하지도 않고.

선배 A : 더 나이 들면 모두 한 동네에 모여 살면서 정기적인 모임을 갖는 건 어때? 매달 뭔가 같이 배워도 좋고.

나 : 지금부터 같이 배우는 건 어때?

우왕좌왕 대화 끝에 얻은 결론은 함께 하는 개인이 되자는 것. 함께 살지는 않더라도 취미를 공유하거나 영화 〈북클럽〉처럼 독서 모임이라도 만들자고 의견을 모았다. 모여서 책 읽기는커녕 술만 마셔댈 거 같으니 차라리 마시면서 와인 공부라도 하게 와인 클럽을 하는 것도 좋겠다.

내일모레 오십을 앞둔 싱글맘 선배 A는 삶의 변화를 주고자 공유 주택으로 집을 옮겼다(공유 주택은 개인의 공간을 제외한 편의 공간을 타인과 공유하는 주거 형태다). 여느 직장인들처럼 대학 졸업 후 한 번도 쉬지 않고 성실하게 직장 생활하고 아이 키우고 열심히 살았던 선배는 오십을 앞두고 조금 다르게 살아보고 싶다고 했다.

선배는 말했다. "인간은 습관의 지배를 받는 동물이야. 이렇게 낯선 환경에 살면 내 삶이 리셋되지 않을까. 오십이 되기 전에 1년 정도를 오롯이 나를 위해서만 쓰고 싶었어. 한 달 살기 하듯, 긴 여행을 떠나는 기분으로 살고 싶은 거지."

친구도 옷도 화장품도 많은, 알아주는 맥시멀리스트였던 선배는 문득 딸이 외국으로 유학을 가고 혼자 살아가는 자신을 관찰하다 보니 움직이는 동선이 생각보다 단순하고 쓸데없는 짐이 너무 많다는 생각이 들었다고 했다. 본질에 집중하면서 코스트를 줄이는 방법이 뭐가 있을까 생각해 보니 공유 주택에 살아야겠다는 결론에 도달했다고 한다.

삶을 리셋하고 싶은 의지, 그리고 또 한 가지 젊은 사람들과 소통을 하며 좋은 자극을 받고 싶다는 이유도 컸다. 공유 주택에서는 주말마다 함께 조깅을 하거나 옥상에서 바비큐 파티를 하는 등 다양한 커뮤니티 프로그램을 운영한다. 선배는 짐을 1/3로 줄이고, 매주 꽃 배달 서비스를 받고, 세탁은 런드리 고로 해결하고, 주말에는 스무 살 어린 젊은 친구들과 조깅을 한다. 가끔 공유 주방에서 친구들과 소소한 와인 파티도 한다.

인생이란 건 어쩌면 거창한 게 아니다. 나이가 들어가는 것도 마찬가지일 것이다. 하루의 기분을 좋아지게 하기 위해 작은 변화를 주는 것, 그러다 보면 내 삶도 조금씩 아주 조금씩 나아지지 않을까.

나만의 루틴 만들기

작은 변화들을 주는 것도 좋지만 자신이 유지해 온 건강한 루틴을 유지해 가는 것만으로도 괜찮은 내가 될 수 있다. 사실 인간은 얼마나 나약한 동물인가. 예전에는 아무렇지도 않게 하던 일들이 나이가 들면서 점점 하기 힘든 일이 되어버렸다. 싱글로 사는 게 가장 불편할 때는 별것도 아닌 것이 혼자 하기 힘들어졌다는 것을 깨달을 때다. 형광등을 바꾸는 것도, 가구를 옮기는 것도, 하다못해 병뚜껑을 여는 것 같은, 예전에는 아무렇지 않게 뚝딱 해치우던 일들을 지금은 혼자 잘하지 못해서 버벅댈 때 어쩔 수 없이 노화를 인정하게 된다. 아무리 레이더를 바짝 세워도 젊은이들이 쓰는 최신 유행어 중 태반은 알아듣기 힘들고, 아이돌이 여전히 몇 명인지 헷갈리고, 트렌드와는 점점 멀어진다. 감도 체력도 흥도 줄어들다 보면 나 자신도 쪼그라드는 기분이다. 큰일엔 무뎌지고 작은 일에는 노여워하는 자신을 발견하며 호르몬을 탓한다. 그렇지만 언제까지 호르몬 탓을 할 순 없는 일이다. 새로운 루틴을 만드는 것도 좋지만 내가 그동안 지켜 온 루틴을 유지하려고 노력을 하는 것도 내 삶을 가꾸어가는 방법이 될 수 있다.

매일 아침, FM 라디오를 들으며 활기차게 하루를 시작한다. 하루에 한 끼는 채소 요리를 먹고, 저녁에는 요가를 하고, 요가를 하지 않을 때는 홍제천을 걷는다. 체중은 57킬로그램을 유지하고, 많이 먹은 날에는 자기 전 윗몸일으키기 20개를 한다. 속상한 날이나 울고 싶은 날에는 술을 마시지 않는다. 술은 섞어 마시지 않는다 (이 약속은 잘 지키지 못한다). 잠들기 전에는 가벼운 에세이를 읽는다. 이런 식으로 나는 일상의 루틴을 깨뜨리지 않기 위해 노력한다.

선배나 친구, 후배들의 부탁은 시간을 많이 빼앗기

는 일이 아니라면 웬만하면 들어준다(도울 수 있을 때 돕자 주의. 돈 빌려달라는 것 빼고). 신세 진 사람에게는 어떤 식으로든 고마움을 표현한다. 화가 불같이 날 때는 한 템포만 늦추고 당사자에게 직접 말하기 전 다시 생각해 보거나 아니면 상대에게 말할 것을 연습해 본다. 경비 아저씨, 청소 아줌마, 택배 기사 등에게 친절히 대한다. 항상 상대의 입장에서 생각해 보려고 노력한다. 젊은 친구들의 의견에 귀 기울인다. 떠나간 것과 놓쳐버린 것, 지나간 것에 대해 연연해하지 않는다. 지금까지 내가 고수해 온 좋은 습관이나 원칙을 잃지 않으려고 노력하는 것 또한 루틴을 지키는 것이다.

할머니들이 오랜만에 만나서 "너는 어쩌면 이렇게 하나도 안 변했어? 그대로네 그대로야"라고 말하는 것이 '장사꾼이 밑지고 판다'는 거짓말에 버금가는 거짓말이라고 하지만, 누군가와 오랜만에 만났을 때 해 주는 "어쩌면 옛날 그대로니"라는 말은 비아냥이 아닌 이상 백 퍼센트 진심이 아닐지라도 기분 좋은 칭찬일 것이다. 조금씩 더 나은 방향으로 변화하는 것이 가장 좋겠지만

(사람은 그렇게 쉽게 변하지 않는다) 누군가를 아주 오랜만에 만났을 때, 그가 자신의 고유한 장점을 잃지 않은 모습을 봤을 때 참 기분이 좋다. 인간이 망가지지 않기 위해서도 적지 않은 노력을 해야 한다는 사실을 알기 때문이다.

40대에는 남들이 보는 나에게서도 내가 아는 나에게서도 크게 벗어나지 않기 위해 스스로에게 끊임없이 물어봐야 한다. 일상을 굳건히 지키기 위한 노력을 하지 않으면 빛나던 나는 쉽게 사라지거나 무너진다.

성취를 이룬 많은 어른들, 혹은 어느 정도 자리에 오른 배우들을 인터뷰했을 때 놀란 것은 아무리 나이가 들고 남들이 보기에 최고의 자리에 올랐다고 생각되어도 그들은 자신이 해 오던 일을 매일 같은 시간에 여전히 하고 있다는 것이었다.

세상의 모든 성취를 다 이룬 듯한 무라카미 하루키가 아침마다 글을 쓰기 위해 책상에 앉고, 90세의 패션 디자이너 노라노 선생님(한국 최초로 패션쇼를 연 디자이너)이 매일 9시간 일을 하듯 매일 내가 하던 일을 꾸준히 하며 나이를 먹을 수 있다면, 아니 나이가 들어서도 매일 나의 일상 루틴을 지킬 수 있다면 괜찮은 삶이지 않을까.

로또에 당첨된 사람들이 불행해질 확률이 높은 건 자신이 유지해 온 루틴을 갑자기 깨버렸기 때문이 아닐까요?

꽃무늬 중독자

"스미스죠?"

"안녕하세요."

"그 노래 좋아해요. 스미스 노래 좋다고요. 취향이 비슷한데요."

영화 〈500일의 썸머〉의 한 장면이다. 엘리베이터에서 만난 톰(조셉 고든 레빗)과 썸머(주이 디샤넬). 톰의 헤드폰 사이로 들려오는 음악을 듣고 썸머가 묻는다(물론 몰라서 묻는 게 아니다). "스미스죠?"

톰과 썸머는 영국의 얼터너티브 록 밴드 '스미스' 때문에 연애를 시작하게 된다. 톰은 여동생에게도 틈틈이 자랑을 한다. "썸머는 화가를 좋아해. 바나나 피쉬 이야기도 20분 동안 했고, 우리는 천생연분이야." 시니컬한 여동생은 톰에게 말한다. "그 여자가 오빠랑 취향이 같다고 천생연분이 되는 건 아냐"(이 똘똘한 여동생이 바로 뽀송뽀송한 시절의 클로이 모레츠다).

30대까지만 해도 나도 톰과 똑같이 생각했다. 취향이 같으면 쉽게 사랑에 빠질 수 있을 거라고. 지금은 취향이 밥 먹여주지 않는다는 것을 알지만 그래도 취향이 좋은 사람을 보면 호감이 상승하는 건 어쩔 수 없다.

프랑스의 사회학자 피에르 부르디외는 '취향의 차이가 사회적 신분을 구별 짓는다'라고 주장했다. 그는 또 이렇게 콕 집어 말했다. "음악은 정신예술 중에서 가장 정신적인 것으로 음악에 대한 사랑은 '정신적 깊이'에 대한 보증이 된다. 부르주아지 세계에서 음악에 대한 둔감함은 의문의 여지 없이 물질만 중시하는 야만적인 심성을 가장 께름칙하게 드러내는 형태를 대변하게 된다"(피에르 부르디외 『구별짓기 (상)』 중에서). 부르디외는 음악 취향만큼 한 사람의 계급을 분명하게 드러내고, 분류하는 척도는 없다고 했다. 계급까진 아니어도 많은 취향 중에서 음악 취향이 개인의 성향을 가장 잘 드러낸다고 생각한다. 그래서 그 사람이 어떤 음악을 듣는가가 나에겐 중요했다. 같은 음악을 좋아하는 사람들은 같은 작가나 같은 영화감독을 좋아하는 것보다 정서적으로 닮아있다고 느꼈다(과거형인 이유는 현재는 과거에 비해 타인의 음악적 취향이 나와 다른 것에 대해 많이 관대해졌고 내 음악적 취향의 폭도 넓어졌기 때문이다). 하지만 아무리 음악적 취향이 넓어지고 나와 취향이 다른 사람에 대해 관대해졌다고 하더라도 택시에서 들려오는 뽕짝 메들리는 참을 수가 없다.

나는 택시 중독자다. 회사 다닐 때에는 출퇴근을 거의 택시로 했다. '편리하다' '여유 시간을 제공해 준다' '지하철 계단을 오르지 않아도 된다' '모르는 길로 갈 때는 탐험하는 기분이 들어서 좋다' 등등 택시의 장점을 꼽으라면 여럿을 꼽을 수 있지만 치명적인 단점도 있는데, 가끔 피로감을 유발시키는 택시 기사를 만날 수 있다는 것이 그것이다. 이를테면 내비게이션 조작은 못한다고 하거나, 타자마자 다짜고짜 반말을 하거나, 쓰잘데기 없는 농담 혹은 신세 한탄식 정치적 얘기로 뒷좌석에서 눈 감고 있는 나에게 끊임없는 대화를 시도하는 기사님 말이다. 설상가상 스피커를 쩌렁쩌렁 울리는 트로트, 30년 전 관광버스에서나 들었을 법한 뽕짝 메들리가 들려오면 바로 가방에서 이어폰을 꺼내 귓구멍을 막는다.

그런데 몇 달 전 탄 택시에서는 클래식 음악이 들려왔다. 슈베르트의 방랑자 환상곡 C장조가 들려오자 자동반사적으로 택시 기사님의 얼굴을 다시 한번 보았다(나 또한 클래식에 문외한이라 어떤 음악인지 검색해서 알았지만). 잠시 후 기사님의 히스토리에 대한 상상의 나래가 펼쳐졌다.

(스토리 1 : 기사님이 원래는 음악을 전공하려고 했지만 집안 형편이 어려워져 대학 진학을 하지 못했어. 몇 년간 동네 음악 학원에서 학생들을 가르치다가 코로나 19로 학생이 줄어서 택시 운전을 하게 됐지 뭐야. 스토리 2 : 클래식 마니아였던 기사님은 대학 졸업 후 고시 공부를 했어. 10년간 계속 낙방만 하다가 고시준비를 때려치우고 얼마 전부터 운전대를 잡게 됐어. 스토리 3 : 기사님은 대기업

에 다녔지만, 적성에 안 맞아 퇴사하고 카페를 했는데 얼마 전 망했지 뭐야. 그래서 택시 기사를 하게 됐지).

몇 분 후 클래식 라디오 채널이란 것을 알게 되면서 상상의 나래는 멈췄지만 택시에서 트로트 메들리도 흘러간 가요도 아닌 클래식이 들려오는 건 상쾌한 경험이었다. 교통방송도 '여성시대'도 아닌 클래식 라디오 채널을 선택한 기사님의 취향과 센스에 기분이 좋아졌다. 음악 하나로 지루한 출근길이 즐거운 여정이 될 수 있다니, 역시 음악은 힘이 세다. 좋은 취향은 자신의 일상뿐 아니라 누군가의 일상도 기분 좋게 만들어 준다.

아침부터 저녁까지 우리가 선택하는 모든 것에는 각자의 취향이 반영된다. 점심 식사 후 팀원들과 커피숍에 가면 각자의 취향대로 주문을 한다. '아아'와 '뜨아'로 갈리는 가운데 1년 365일 점심, 저녁 '모카커피 휘핑 빼고'를 주문하는 후배도 있다. 사무실 근처에서 마실 때는 시간이 많지 않아 인근의 커피숍 중 가장 맛있다고 생각하는 곳에 가서 각자 원하는 커피를 선택해서 마시는 걸로 타협을 했지만 자신이 각자 좋아하는 커피가 있을 것이다. 산미가 강한 커피, 고소한 견과류의 맛이 나는 커피, 과일향이 나는 커피, 에스프레소, 핸드 드립, 콜드 브루 등 원두의 종류와 추출방식 등에 따라 커피 맛의 스펙트럼은 무궁무진하니까.

한 친구는 10년간 절친으로 지낸 동창 A와 커피 때문에 절교할 뻔한 사건이 있었다. 그 친구의 동창 A는 커피를 잘 마시지 않는다. 카페인에 민감해서 저녁 시간이면 차조차 마시지 않는데 친구는 A를 만난 10년간, 밥을 먹고 난 후 으레 커피숍에 가면 A에게 "어떤 커피 마실 거야?"를 물었던 것. A가 그때마다 커피 아닌 다른 음료를 주문했는데도 커피를 잘 마시지 않는다는 것을 눈치채지 못했던 것이다. 어느 날부터 A는 친구에게 연락을 뜸하게 하기 시작했다. 이유를 알 수 없던 친구는 한참 후 A가 자신을 소원하게 대하기 시작한 게 커피 때문이란 것을 알고 분개했다. 한낱 커피 때문에 10년 우정에 금이 간다는 게 말이 되냐는 거였다.

A가 단순히 커피 취향을 무시당한 게 불쾌해서 친구를 멀리한 건 아닐 것이다. 누군가에게 중요한 취향은

그 사람의 많은 것을 대변한다. 한낱 커피 때문이 아니라 A는 오랜 시간 알고 지냈으면서도 자신의 기호에 둔감한 친구의 무심함이 섭섭했던 것이다. 그만큼 이 사람에게 나는 중요하지 않은 사람이구나, 라는 것에 상처를 받았던 것이다.

사무실에서 마감 기간 야근 중 중국집에서 탕수육을 시켜서 먹을 때, 사람들에게 묻지 않고 탕수육 소스를 통째로 고기에 들이붓는 행동은 어느 누구도 하지 않는다. 부먹, 찍먹으로 나뉘기 때문에 소스를 붓더라도 반만 붓는다. 찍먹의 취향을 존중해 줘야 하니까.

스마트폰에도 취향이 반영된다. 대한민국에서 20대를 제외하고 연령대가 올라갈수록 갤럭시에 비해 아이폰 사용률이 떨어지는데, 나를 포함한 내 주변의 사람들(에디터나 패션, 여행업계 종사자들)의 70%는 아이폰 사용자다. 더 신기한 건 아이폰을 사용하는 내 친구들 중의 절반은(아이폰3부터 현재까지 아이폰을 쓰는 사람조차) 아이폰의 동기화에 대해선 잘 모른다는 것이다. 그럼에도 불구하고 아이폰을 고수하는 이유는? 그냥 '아이폰'이기 때문이다. 다시 말해 아이폰이 자신의 취향을 대변한다고 생각해서다.

스티븐 잡스는 이런 말을 남겼다. "마이크로소프트의 유일한 문제는 취향이 없다는 것이다." 나나 내 친구들이 아이폰을 지금까지 사용하는 이유는 잡스가 추구하고 실현한 철학과 신념, 아이디어 때문일 것이다. 솔직히 말하면 기능적 편리함보다 그냥 아이폰의 이미지를 갖고 싶은 거다.

"너(선배)처럼 취향이 강한(확실한) 사람은 처음 봤어." 나는 주변의 선후배, 친구들에게 '취향이 강하다'라는 말을 많이 듣는다. 아니 취향은 누구나 있는 거 아니야? 내가 뭐 취향이 강하다고 그래. "취향이 바뀌지 않잖아요. 10년 전과 20년 전, 선배의 패션 취향은 바뀐 게 없어요. 단발 파마 헤어스타일에 꽃무늬 원피스."

그렇다. 나는 봄, 여름, 가을, 겨울 꽃무늬 원피스를 입는다(겨울엔 좀 덜 입는다). 봄엔 꽃무늬 원피스에 트렌치코트를 입고, 여름엔 꽃무늬 원피스만 입고, 가을엔 꽃무늬 원피스에 재킷을 입고, 겨울엔 꽃무늬 원피스 위에 스웨터 위에 코트를 입는다. 블랙&화이트 컬러의 옷은 겨울 코트나 봄가을 재킷 한두 개 빼고는 거의 없다. 이상하게 웬만한 사람에게 어울린다는 블랙 컬러가 나에게 잘 어울리지 않는다. 그러다 보니 자연스레 시크한 스타일과는 거리가 멀어졌다. 내가 추구하는 패션 스타일은 시대에 따라 보헤미안, 에스닉, 노스탤직 등등으로 다르게 불렸다.

내 방의 옷장 문을 열어본 친구는 꽃무늬 원피스가 옷장 가득 걸려있는 것을 보고 깜짝 놀라서 이렇게 말했다. "아니. 똑같은 옷이 왜 이렇게 많은 거야?" 나는 답했다. "노노. 절대 똑같지 않아. 나름대로 디테일이 다르다고." 디테일이 다른 것은 물론, 꽃무늬라고 무조건 좋아하는 것은 아니다. 내 나름대로의 기준이 있다. 꽃의 크기나 컬러는 중요하지 않다. 큰 꽃일 경우에는 꽃과 어우러지는 패턴이 조화를 이루어야 한다. 꽃이 달린 잎의 모양이나 덩굴 모양까지 마음에 들어야 한다. 패턴만으로 하나의 완벽한 꽃밭이나 정글을 이루어야 한다. 전체적인 패턴만 보면 커튼이나 벽지가 되어도 손색이 없는 디자인인 경우가 많다. 내가 이런 패턴의 원피스를 입고 가면 친구들은 말한다. "빅토리아 알버트 뮤지엄에 도배

된 벽지 같구나."

자잘한 꽃무늬일 경우에는 색상과 옷의 디자인이 중요하다. 개인적으로는 너무 몸에 딱 달라붙지도 그렇다고 너무 펑퍼짐한 스타일도 아닌, 무릎과 발목의 중간까지 내려오는 길이에 약간 복고풍의 원피스 스타일을 좋아한다. 웨스 앤더슨의 영화 속 여주인공이 입었을 법한 룩이다.

내 집의 인테리어와 테이블 웨어에도 이런 취향은 고스란히 반영됐다. 10년 전 살던 집은 커튼, 쿠션, 벽지가 다 꽃무늬였지만 집에 놀러 온 친구들이 정신착란을 일으킬까 봐 몇 년 후 커튼과 벽지는 무늬가 없는 것으로 바꾸었다. 그릇은 아직까지도 꽃무늬가 다수를 이루는데 이 나라(핀란드의 아라비아핀란드, 마리메꼬, 이딸라 등의 브랜드) 저 나라(유럽, 프랑스, 독일의 벼룩시장)에서 온 꽃무늬들이 상충해서 몇 년 전부터는 무늬가 없는 미니멀하고 동양적인 그릇도 하나둘씩 사 모으고 있다.

존 레논과 폴 매카트니, 마돈나와 신디 로퍼, 모차르트와 베토벤, 듀란듀란과 아하, 나이키와 아디다스, 루

이비통과 구찌, 함흥냉면과 평양냉면, 뉴욕과 포틀랜드, 슈퍼맨과 배트맨, 쌀떡과 밀떡……. 세상의 취향이 'VS'로 갈리는 건 아니지만 한때는 희대의 라이벌 중 어떤 것을 좋아하는지로 그의 취향을 가늠하는 테스트 같은 것도 많이 했다. 난 명백히 후자 쪽의 취향이다. 일말의 공통점 같은 것을 찾아본다면 '반항과 도전정신을 가진 주류 중의 비주류' 랄까. 물론 존 레논과 폴 매카트니가 아닌 링고스타가 좋다는 사람도 있고(썸머처럼), 나이키, 아디다스가 아닌 푸마를, 함흥냉면도 평양냉면도 아닌 옥천냉면을 좋아하는 사람도 있다. 취향의 바다는 태평양보다 넓다. 요즘은 브랜드에서도 자신의 취향과 라이프 스타일에 따라 선택할 수 있는 제품들을 내놓고 있다. 냉장고도 커스터마이즈로 원하는 컬러를 내 맘대로 조각해서 맞추고, 과자조차 기호에 따라 먹을 수 있게 분말이나 소스를 따로 첨부한 제품들이 늘고 있다.

취향은 삶의 태도나 가치관에도 묻어난다. 큰 삶의 철학뿐만이 아니라 자신만의 작은 원칙을 세우는 것에서부터 취향은 생성된다. 겉옷은 아무거나 사더라도 속

옷만큼은 캐시미어를 산다거나, 안주는 아무거나 먹어도 술은 아무 술이나 마시지 않는다거나, 여행 가서도 밥은 대충 때워도 호텔만큼은 좋은데 머문다거나. 취향이란 것은 사실 대단한 게 아니다. 좋아하는 것이 기호를 넘어서 선택의 기준이 될 때, 그것들은 자신의 견고한 취향으로 탄생된다.

미니멀리스트로 살지 맥시멀리스트로 살지, 조직에 속해서 일을 할 것인지 자유롭게 시간을 쓸 수 있는 프리랜서로 일을 할 것인지, 도시의 아파트에서 살지 전원주택에서 살지, 남자와 살지 반려동물과 살지, 삶은 수많은 선택의 연속이다. 좋아하는 것들이 모여서 내가 된다. 꽃무늬 말고도 내가 좋아하는 것들이 모이면 앞으로 어떻게 살아가야 할지 방향이 보이지 않을까.

자전거를 타고 난지공원을 한 바퀴 돌고 왔다. 뜨거운 물로 욕조 목욕을 한 후 후라이드 양념 반반 치킨을 시켰다. 우효의 '청춘'을 들으며 닭 다리를 하나 뜯고, 빅웨이브 맥주로 목을 축인다. 고양이들 궁디 팡팡을 해주며 마스다 미리의 에세이를 읽는다.

머리가 하얀 할머니가 되어서도 꼬불거리는 파마머리에 꽃무늬 원피스를 입을지는 모르겠지만 좋아하는 밴드가 내한공연을 오면 보러 가고 가까운 곳에 리모컨보다 책을 두면 좋겠다. 그리고(지금처럼) 하루를 마무리할 때는 뜨거운 물로 욕조 목욕을 하며 나름대로 신경써서 골라 냉장고에 칠링해 놓은 시원한 맥주를 한잔 들이키면 좋겠다.

취향은 와인과 닮았다는 생각을 종종합니다. 처음엔 통 모르겠다가도 오랜 시간 주워 듣고 공부하고 가까이하면 결국엔 저절로 내 몸이 알게 됩니다. 뭐가 좋은 건지.

고슴도치 딜레마

자동차 사이드 미러에는 이렇게 쓰여 있다. "사물이 거울에 보이는 것보다 가까이 있음." 이 문구를 볼 때마다 생각한다. '사물은 보이는 것보다 가까이 있고, 사람은 보이는 것보다 멀리 있다'고.

오늘 또 한 명과 우주만큼 멀어졌다. '나는 보이는 것보다 멀리 있다'고 미리 경고를 해줬더라면 조금이라도 덜 상처를 받았을 텐데. '내가 그동안 그와 너무 가까이 있었나? 아니 어쩌면 내가 생각하는 것만큼 가까운 친구가 아니었던 걸까?' 이런저런 생각 끝에 잠시 거리를 둔다.

40대 친구들과 만나면 언젠가부터 모두 이렇게 말한다. "친구가 없어." 예전엔 "네가 친구가 없으면 나는 어떻겠냐?"고 답했던 친구들도 이제 그냥 체념하듯 말한다. "우리 모두 이제 친구 없어." 그 많던 조개구이집은 어디로 갔고 그 많던 친구들은 어디로 갔는가. SNS상의 친구는 늘어만 가는데 진짜 친구는 점점 줄어든다.

친구가 사라진 건 아니다. 나에겐 기쁠 때나 슬플 때나 힘이 되어주는 선배, 후배를 포함한 많은 친구들이 있다. 회사에는 내가 뭔가 궁금하다는 말을 하자마자 재빨리 정보를 알려주는 검색 엔진보다 똘똘한 후배들이 있다. 새로운 전자제품 같은 것을 사면 제품 설명서 읽는 것을 싫어하는 나를 위해 말하지 않아도 기기를 세팅해 주는 후배도 있다. 이런저런 일로 멘탈이 탈탈 털린 날, 콜하면 편의점에서 4캔에 만 원하는 맥주를 사 들고 와서 넷플릭스를 함께 보며 수다 떨 수 있는 동네 후배가 있고, 아버지가 돌아가셨을 때 3일 내내 장례식장에 와 준 친구도 있다. 20년간 자매처럼 우애를 다져온 후배들도 있다. 그런데 친구가 없다고?

어느 날 밤, 집에서 깨진 접시 조각에 손을 베었다.

피가 무지막지하게 솟구쳤다. 아프진 않은데 지혈이 잘 안 되자 무서운 생각이 들었다. 누군가에게 전화를 해야 하나 고민하다가 자동반사적으로 '손이 베었다. 피가 철철 난다'고 SNS에 올리고 있는 자신을 발견했다. 올리자마자 내용을 삭제했다. 몇 년 전 키우던 새끼 고양이가 죽었을 땐 새벽에 전화할 데가 없어서 엉엉 울면서 엑스보이프렌드에게 전화를 했다. 왜 그랬는지 정말 이해가 가지 않지만 새벽에 나에게 와 줄 수 있는 사람이 떠오르지 않았다. 나에겐 그렇게 좋은 친구가 많은데…….

중고등학생 시절, 엄마가 친구와 큰 소리로 통화하는 소리를 들었다. "와~, 네가 어떻게 나한테 이럴 수 있니? 이제 절교야 절교!" '와, 저 나이에도(지금의 내 나이였다) 친구랑 싸우고 절교를 하는구나'하는 생각이 들어 신기했다. 몇 달 후 엄마가 절교한다고 했던 친구분이 집에 놀러 오셔서 엄마와 웃으며 수다 떠는 것을 보고 생각했다. '와, 40대에도 10대인 나처럼 친구와 절교했다가 또 언제 그랬냐는 듯 저렇게 만나서 웃으며 즐겁게 놀 수 있구나.' 친구와의 싸움도 부부싸움처럼 칼로 물베기인가?

어른이 되면 친구와 유치하게 싸우지 않을 줄 알았다. 마흔이 넘으면 여고생도 아니고 뭐 싸울 일이 있을까? 싶었는데. 웬걸, 내 안에 여고생이 하나 또아리를 틀고 앉아 있었다. 무심하다고 욕을 먹긴 해도 잘 삐지진 않는 편이고 남에 대한 서운함도 잘 느끼지 않는 성격이라고 생각했는데, 어느 날 매일 같이 연락하던 친한 친구가 몇 달째 연락이 뜸해진 것을 깨닫자 섭섭함이 커지면서 그제서야 친구가 나에게 뭔가 화가 난 게 아닐까 하는 생각에 이르렀다.

"야, 너 요즈음 나에게 너무 무심한 거 아니냐? 나의 대소사에 전혀 관심이 없네." 축하받고 싶은 일과 속상한 일이 있었는데, 예전과 달리 통 연락이 없는 친구에게 내심 삐져서 물었다. 슬픈 일에 같이 슬퍼해 주고 기쁜 일은 함께 기뻐해 주는 게 진짜 친구고 어쩌고저쩌고. 내 말이 끝나기가 무섭게 친구가 말했다. "그런데 너 알아? 언젠가부터 너는 너 이야기만 했어. 넌 나의 대소사에 관심이 있기는 한 거니?"

다정하지만 예민한 친구는 무심하기만 하고 언제부턴가 만나면 자신의 이야기만 하는 나와 갈등을 피하기 위해 적정한 거리를 두는 것이 좋겠다고 생각했단다. '그렇다면 나에게 서운하다고 신호를 보냈어야지. 말하지 않는데 내가 어떻게 알아?'(그런데 이미 많이 보냈단다.) 그렇다면 나는 얼마나 무심한 인간이지? '현타'가 왔다. 마음이 복잡해졌다.

사회 초년생 때 만나 15년 넘게 희로애락을 나눴던 친구와 다툼이 잦아진 건 몇 년 전부터다. 사소한 일로 티격태격하다가 언제 그랬냐는 듯 바로 화해를 했다. 오래 산 부부처럼 서로를 잘 안다고 생각했지만, 함께 샴쌍둥이처럼 붙어 다녔던 친구와 나는 우리가 정반대의 성격을 가진 사람이란 걸 한참 후에야 알게 됐다. 서로 다른 사람이라고 생각하니까, 그러니까 각자의 다름을 인정하고 나니 갈등은 점차 줄었다.

티격태격하다가도 금세 잊어버리는 나는 내가 바빴을 때는 깨닫지 못했던 불현듯 멀어진 듯한 거리감이 불편해서 갑자기 친구에게 투정을 부렸다. 친구가 말했다. "우리가 가장 좋았던 시기는 만난 지 얼마 안 됐을 때인 거 같아." 서로를 속속들이 알기 전, 다시 말해서 적정한 거리가 유지되던 시절이었다. 적절한 거리가 있는 사이가 가장 아름답다는 진리가 가슴팍에 박혔다.

    고슴도치는 추위를 견디려 너무 가까워지면 서로의
가시에 찔리고, 그렇다고 떨어져 있으면 추워지는 딜레
마에 빠진다. 그래서 고슴도치는 모이고 흩어지고 모이
고를 반복하다가 상대방의 가시에 찔리지 않을 적당한
거리를 알아냈다. 이것이 바로 쇼펜하우어가 말한 '고슴
도치 딜레마'다.

    나는 누군가에게 흉금을 털어놓는데 걸리는 시간이
비교적 짧다. 사람을 가리지만 마음이 잘 통한다고 생각
한 상대와는 쉽게 가까워지고, 내 속 얘기도 솔직하게
털어놓는다. 사람과 사람마다 가까워지는 속도는 제각
기 다른데 어쩌면 나는 상대보다 더 빨리 그와 가까워졌
다고 생각하고 그를 너무 편하게 대했는지도 모른다. 가
까운 친구에겐 아무래도 투덜이 스머프처럼 투덜대고
투정도 많이 부렸다. 나만의 대나무숲처럼 메아리 없는
허공에(상대가 듣든 말든) 넋두리를 할 때도 있다. 누구
나 이런 대상이 한 명쯤은 존재할 거다. 하지만 인간은
불완전한 존재다. 거리가 가까워지면 그만큼 약점도 단

점도 많이 노출된다. 『약간의 거리를 둔다』에서 소노 아야코는 이렇게 말했다. "타인의 장점을 깨닫는 것이 재능이라면 타인의 좋지 않은 점을 깨닫는 것은 우리 모두에게 주어진 본능이다."

말하는 당사자는 모를지라도 아무리 친한 사람도 여러 번 같은 말을 듣다 보면 피로감이 커질 뿐 아니라 불평불만만 많은 사람으로 비쳐질 수 있다. 스트레스가 폭발할 때 누군가에게 말해야 해소가 되는 사람이라면 한 명이 아닌 몇 명에게 번갈아서 이야기하는 게 좋다.

상대를 잘 안다고 생각하면 직언도 조언도 자주 하게 된다. 연애 조언을 잘 못 하면 그와 나의 관계는 지구와 안드로메다만큼 멀어질 수 있다. 30대 후반에 친한 후배가 연애 문제로 조언을 구해왔다. 해외에서 일하는 남자인데 한국에 들어와서 소개팅으로 서너 번 만나고 원거리 연애를 하고 있었다. 6개월 만에 결혼을 결심하고 남자를 처음으로 선배들에게 소개해 주고 싶다고 했다. 결혼을 앞두고 후배의 남자 친구와 함께 식사를 하는 자리, 후배의 남자 친구는 대화 중 나에게 다니는 회사가 재계 몇 순위냐고 물었다. 잡지사라 잘 모르겠다고 했는데, 한참 후 대화를 하다 보니 '서열'과 '순위'에 유난히 관심이 많아 보였다. 솔직히 서열과 순위에 전혀 상관없는 삶을 살아온 나로선 관심이 없는 주제였다. 저녁 식사를 마친 후 계산대 앞에서 주춤하고 있는 후배의 남자 친구를 보자 '아 더치페이를 해야 하는 건가? 아니면 내가 계산을 해야 하는 건가?' 순간 분위기가 어색해졌다. 계산은 후배가 했다. 다음 날 후배가 "오빠 어때요?"라고 물어왔을 때 솔직히 후한 점수는 주지 못하겠다고 말했다. 데이트 때 생긴 에피소드를 들어봐도 성격과 사고방식이 달라서 트러블이 많을 거 같다는 생각이 들었다. 후배는 내 조언과 상관없이 그 남자와 결혼을 했고 나는 결혼식에 초대받지 못했다(아마 후배는 민망해서 나를 초대하지 못했을 거다). 몇 년 후 자연스레 연락이 닿아 반갑게 만났지만 그 후부터 아무리 가까운 사이라도 '연애에 대한 조언'은 함부로 하지 말아야겠다고 결심했다(하려면 조심스레 하는 것이 좋겠다).

상대가 어느 날 갑자기 나에게서 멀어졌다면 나의 직언이 그의 자존심을 상하게 하지 않았는지 돌이켜 봐야 한다. 사회생활 선배니까 인생 선배니까 할 수 있다는 조언도 때로는 상대에게 상처가 될 수 있다. '라떼는 말이야(나 때는 말이야). 선배로서 하는 말인데……'로 시작하는 말이 모든 이에게 이로운 것은 아니다. 오히려 꼰대로 잘못 비쳐질 수도 있다. 조언할 때는 톤 앤 매너에 주의를 기울이는 것이 좋다.

우리 집의 고양이 알렉스와 쿠로는 나와 적절한 거리를 유지한다. 퇴근하고 집에 오면 내 앞에 옹기종기 모여들었다가 내가 몇 시간 귀찮게 굴면 각자 좋아하는 자리로 숨는다. 한 놈은 침실, 한 놈은 베란다. 몇 시간 자거나 혼자만의 시간을 보낸 후엔 언제 그랬냐는 듯 다가와서 내 허벅지에 자기 엉덩이를 들이민다. 자기들끼리는 그래도 친한 줄 알았는데 재택을 하며 몇 달째 관찰해 보니 거의 함께 있는 시간이 없다. 한 놈이 소파에 있으면 한 놈은 소파 건너 장식장에 앉아 있고, 한 놈이 침대 베개 옆에서 자면 한 놈은 내 발아래에서 잔다. 그렇게 떨어져 있다가 한밤중이 되면 쿠로가 은근슬쩍 알렉스에게 다가가 한대 툭치며 놀자고 장난을 건다. 열네 살 할아버지 알렉스는 마지 못한 척 동생과 함께 놀아준다. 우다다다. 고양이들의 놀이가 시작된다. 서로 물고 빨고 하는 사이는 아니지만 그래도 알렉스는 혼자 살았던 시절보다 표정이 더 밝아졌고 쿠로는 낯선 고양이와 강아지에겐 질색을 하면서도 알렉스는 잘 따른다. 이렇게 18평 아파트에선 인간 한 명과 고양이 두 마리가 적절한 거리를 유지하며 살아가고 있다.

　나무들도 적절한 거리를 유지해야 잘 자라고, 풍수지리학상 가구끼리도 너무 붙어있지 않아야 통풍이 잘 된다고 한다. 적절한 거리가 있어야 바람도 통하고 볕도 잘 든다. 행성과 행성도 너무 가까우면 충돌한다. 사람도 가까운 사이라고 함부로 대하거나 반대로 방치해 두면 나무처럼 썩거나 나도 모르는 사이에 쌓인 상처가 곪아 터질 수 있다. 물론 친한 사이라면 나와 그의 적정한 거리를 찾아내는 데에는 일정 정도의 시간이 필요할 것이다. 고슴도치는 자신의 몸에 상처를 내는 수많은 시행착오를 거쳐 '적정한 거리'를 찾아냈다.

　코로나 19로 상처받는 것이 두려워 적당한 거리를 두고 싶어 하는 사람들이 더 많아졌다. 〈에반게리온〉에 나온 대사처럼 어쩌면 '어른이 된다는 건, 만남과 이별

을 반복하면서 서로 상처받지 않는 거리를 찾아내는 것'
일지 모른다.

혹은 누군가와 너무 가까워져서 오해와 상처가 생겼
다면 잠시 거리를 두는 '관계의 방학' 기간을 갖는 건 어
떨까. 친구가 제안한 '관계의 방학'은 살다 보면 꽤 쓸모
가 있다. 절교나 손절이 아닌 '방학'. 방학이 끝나면 자연
스레 나는 친구에게 연락할 거다. "우리 506 강의실(우
리 집 호수)에서 만날까? 올 때 카바 한 병 사 들고 오는
것 잊지 마. 너는 술을 못 마시니까. 오렌지 주스는 내가
준비할게." 그 방학은 일주일의 짧은 방학일 때도 한 달
일 때도 때론 1년일 때도 있을 것이다. 방학이 끝나면 관
계도 회복되고 우리도 조금은 성장해 있기를.

너무 멀지도 가깝지도 않은 고양이와 인간처럼,
또 고슴도치처럼 적절한 거리를 유지하며 산다면
우리의 우주는 아주 평화로울 겁니다.

베짱이를 위한 변명

개미가 땀 흘리며 열심히 일할 때 베짱이는 여름 내내 시원한 그늘에서 열심히 노래를 부르며 놀기만 했다. 추운 겨울이 되자, 개미는 좋은 집에서 따뜻하게 쉬면서 배불리 먹는데 여름 내내 노래만 불렀던 베짱이는 식량을 구하지 못해 배가 고파 개미의 집을 두드렸다. "배가 고픈데 밥 좀 줄 수 없을까?" 개미는 거절했다. "여름에는 노래를 했으니 겨울에는 춤이나 추렴"(20세기 버전에서는 좀 더 아동용으로 순화되어 개미가 베짱이를 불쌍히 여겨 도와주고 베짱이는 앞으로 열심히 일해야겠다고 생각하는 것으로 끝난다고 한다. 거절하며 말했던 대사는 기억이 나지 않아 가장 유명한 버전을 참고했다).

어릴 때 선생님은 이솝 우화 〈개미와 베짱이〉를 들려주며 이렇게 말씀하셨다. "여러분도 베짱이처럼 아무 생각 없이 놀기만 하면 비참한 최후를 맞이할 수 있어요. 그러니까 어떻게 해야 할까요? 개미처럼 열심히 미래를 준비해야겠죠?"

개미처럼 살고 싶지도 그렇다고 베짱이처럼 살고 싶지도 않았다. 다만 이런 생각이 들었다. '개미 너무하네. 베짱이한테 밥 좀 주고 집에 들어와서 좀 쉬었다 가라고 할 순 있잖아?' 어려울 때를 대비해 개미처럼 열심히 일해야 한다는 게 이 우화의 교훈이다. 어릴 적에는 '왜 베짱이는 노래만 불렀을까?'라는 생각을 해보진 않았다.

성인이 되자 개미처럼 열심히 일하기보다는 베짱이처럼 인생을 즐기자는 게 인생의 모토가 됐다. 그래서 그런지 베짱이도 억울하지 않을까? 하는 생각이 들었다. 베짱이는 베짱이대로 최선을 다해서 노래를 부른 건데 말이다.

잡지 기자를 하면서 인터뷰, 기획 기사, 커리어 기사,

섹스 칼럼, 여행 기사 등 다양한 분야의 기사를 써 봤는데 써 보지 않은 게 있다면 정치와 재테크 기사다. 정치는 시사잡지가 아니니 다룰 일이 없었고, 재테크는 종종 여성잡지에서도 다뤘는데 편집장들은 한 번도 내게 재테크 기사를 배당한 적이 없다.

척 보면 아는 건가? 내가 돈에 관심도 없고 경제 관념이 없다는 것을. 대신 후배나 선배가 쓰는 기사의 케이스 사례로 재테크 컨설턴트에게 상담을 받았다. 컨설턴트가 이렇게 말했다. "비슷한 연봉을 받는 비슷한 나이대의 싱글에 비해서 저축을 너무 적게 하네요. 이 나이대의 월급쟁이 싱글 여성 중에서 여하연씨처럼 돈을 많이 쓰는 사람 처음 봤어요. 그나마 다행인 건 자가용을 갖고 있지 않다는 거예요. 이런 소비 패턴에 차까지 갖고 있다면 저축은 한 푼도 하지 못했겠네요."

당시 내 월급의 실수령액이 월 360만 원 정도 됐는데 돈을 모으려면 적어도 수입의 반은 저축을 해야 한다고 했다. 솔직히 내가 절약과는 거리가 먼 사람이긴 하지만 컨설턴트에게 이런 말까지 들어야 할 정도로 무분별하게 소비를 한다는 사실은 충격이었다. 더 충격적인 사실은 월급이 200만 원 정도인 내 후배도 나보다 저축을 많이 한다는 사실이었다. 기사에서 난 익명으로 내 전 재산을 공개했다. 36세에 모은 돈이 3500만 원. 익명의 A가 나인지 모른 채 같은 부서의 후배가 기사를 읽으면서 깔깔 웃었다. "와 이 여자 누구야, 36세인데 모은 돈이 3500만 원뿐이래. 너무 심각한 거 아냐?" 나는 옆에서 얼굴이 발개졌다. 남들은 1억 정도를 모았을 때 월세를 전전하는 내 신세가 한심하고 처량해졌다.

컨설턴트는 나의 소비 패턴을 분석했다. 월세, 부모님께 보내 드리는 생활비, 공과금, 사람들을 많이 만나는 직업이라 드는 일정의 사교비(일로 만날 때는 법인 카드를 사용했지만, 사람 만나는 것을 좋아해서 남들에 비해 먹고 노는 데 돈이 많이 들었다), 커피값과 택시비, 옷과 가방 등을 구매하는데 드는 쇼핑비, 1년에 두어 번 가는 해외여행에 드는 돈 등 컨설턴트는 이 중에서 커피값과 택시비 항목만 줄여도 월 20만 원은 더 저축할 수 있겠다고 말했다.

커피를 덜 마시고, 택시를 못탄다는 사실만 생각해

도 벌써 우울해졌다. 다른 사람과 비슷하게 돈을 쓰는 거 같은데 왜 나는 이렇게 가난한 걸까? 컨설턴트는 여러 방법을 제안했다. 돈을 모으기 위해서는 우선 내가 어디에 어떻게 돈을 쓰는지 알아야 한다는 것. 꼼꼼히 가계부를 적고 생활비, 잡비 등 항목별로 체크카드를 만들어서 꼭 들어가야 하는 필수 생활비 외에 자신이 쓸 수 있는 금액의 한도를 정해 놓으라고 했다. 한 달은 그가 말한 대로 해 보았지만, 신문을 접고 또 접어 A4 사이즈의 종이에 서 있는 것처럼 갑갑한 생각이 들면서 종이 밖으로 탈출하고 싶다는 생각만 간절해졌다. 사고 싶은 것들을 못 사니 사탕 가게 앞에서 돈을 잃어버린 아이처럼 시무룩해졌다. '이렇게 우울하게 살 수는 없어' 그래서 절약하는 것보단 돈을 더 많이 버는 방법을 연구했다. '매달 외고를 쓰자. 그리고 책도 써서 대박이 나면 돼.'

하지만 업무량이 많은 잡지사를 다니며 외고를 쓰는 건 쉽지 않았고(청탁도 들어오지 않았다), 책을 썼지만 아무나 베스트셀러 작가가 되는 건 아니란 것을 알았다. '이번 생은 부자가 되긴 글렀군. 일단 월셋집에서나 탈출하는 것을 목표로 하자. 3년 후, 대출을 받아서 전셋

집을 구했다. 변두리 동네에 있는 18평짜리 빌라였지만 혼자 사는 데엔 부족함이 없는 집이었다.

많은 소비 중에서도 가장 줄이지 못한 건 택시비다. 택시를 타는 것은 돈이 드는 대신 나에게 시간을 벌어줬다. 너무 바쁜 시절에는 택시 안에서 섭외 전화를 하거나 엄마나 친구에게 안부 전화를 하거나, 혹은 잠시 눈을 붙였다. 택시를 타면서 하루에 적어도 30분 이상의 시간을 벌었다(대중교통이 시간을 벌어줄 때도 있지만 지하철이 없는 동네에 사는 나에겐 택시만큼 편리한 교통수단이 없었다).

여행을 줄이는 건 더 쉽지 않았다. 여행은 열심히 일한 나에게 주는 '선물'이었다. 내가 번 돈을 내가 쓰는데 뭐가 문젠가. 내가 빚을 진 것도 아니고, 게다가 아버지가 은퇴한 후 실질적인 가장 역할까지 해 왔는데 이 정도면 준수한 거 아닌가.

40대가 되어도 삶과 소비 패턴은 크게 달라지지 않았다. 신기한 건 월급이 아주 조금씩 오르는데도 모이는 돈은 크게 늘지 않는다는 거였다. 나이가 드니 돈이 들어가는 데가 더 많아졌다. 여행은 더 자주 다니고, 눈은

높아져서 물건도 명품까진 아니어도 싸구려는 들이지 않았다. 한 번 이사할 때마다 신혼살림 장만하는 것처럼 원하는 가구들을 망설이지 않고 샀고, 식재료 쇼핑에도 돈을 아끼지 않았다. 팀장이니 후배들 커피를 사주는 일도 늘었고, 차를 사지 않은 게 얼마나 다행이냐며 죄책감 없이 한 달에 30만 원 한도 내에서는 택시를 마음껏 타고 다녔다.

남들이 대출을 받아 아파트를 사고, 재산을 불려갈 때 나는 늘 제자리인 삶을 살며 짐만 불려 갔다. 남들은 보통 돈을 쓰면 어떤 특정한 부분에 지출을 하는데, 나는 소비의 품목이 아주 방대했다. 이를테면 남들이 차를 산다거나 골프를 친다거나 캠핑 장비를 사거나 등등 고급 취미 생활에 몰두했다면 나는 차도 없고 골프도 하지 않았지만, 여행을 다니고 여행 가서 쇼핑을 했다. LP를 사고 그릇을 샀다. 책도 읽는 횟수보다 사는 속도가 빨랐고 올리브유도 SSG에서 파는 프랑스산 최고급 올리브유만을 사용했다. 고양이도 두 마리나 키우고 한 달에 두 번은 친구들도 초대해서 홈 파티를 했고 가끔 엄마의 병원비나 집 인테리어비 등 목돈도 들어갔다.

'내돈내산'이란 단어가 있다. 인플루언서들이 제품 리뷰를 할 때 대가를 받지 않고 공정하게 평가한다는 것을 강조하기 위해 '내돈내산'(내 돈 주고 내가 산)이란 의미를 강조하면서 알려진 단어다. 스타일리스트 H를 비롯한 몇몇 셀러브리티들이 '뒷광고'를 하면서도 '내돈내산'이라고 거짓말을 하는 바람에 대한민국에서 이 단어의 의미를 모르는 사람이 없게 됐다. 왜 그들은 거짓말을 했을까. '내가 직접 내 돈을 주고 살 정도로 그 제품이 살 만하다는 것'을 강조하기 위해서다. 그래야 물건이 잘 팔리니까. 소비자들은 감쪽같이 속아 넘어갔다. 저 제품은 저 사람도 돈을 주고 샀을 정도로 비싼 대가를 치를 만한 가치가 있는 제품이라고 생각했을 것이다. '내돈내산'은 확고한 자신의 취향에 대한 방증이며 그에 대한 만족감의 표시다.

내 물건은 대부분 '내돈내산'이다. 명품이든 예쁜 쓰레기든 내 돈 주고 내가 산 것이기 때문에 만족한다. 소소한 쇼핑은 나의 여행을 즐겁게 만들어 줬으며 서울에서 낯선 동네를 탐방할 때도 크고 작은 숍들을 구경하는 재미를 포기할 순 없다. 여행잡지에서 일하면 가끔 취재

차 혹은 광고 바터로 호텔 숙박권이나 항공권 같은 것이 생겼다(김영란법 이전의 이야기다). 행사에서 '럭키 드로우'로 받을 때도 있다. 항공권은 한 번도 받아보지 못했지만, 동유럽 세르비아의 호텔 숙박권과 캘리포니아의 호텔 숙박권, 서울 모 호텔 숙박권, 모 호텔의 음료권 같은 것을 받은 적 있다. 그런데 이렇게 공짜로 받은 숙박권들을 별로 사용해 본 적이 없다. 바쁘기도 했고, 단지 숙박권 때문에 세르비아와 캘리포니아를 갈 순 없었다(캘리포니아는 가고 싶었지만 운전을 못해서 포기했다). 다른 가고 싶은 곳을 선택한 후 비행기 표를 사고, 호텔을 예약했다. 내돈내산 여행이어야 그 여행이 백 퍼센트 내 것 같다는 생각이 들어서였다. 출장 가서 먹었던 미슐랭 스타 레스토랑의 음식도 맛있지만, 휴가 때 내가 고르고 내 돈 주고 사 먹은 별로 비싸지 않은 레스토랑의 음식이 만족감이 더 컸다.

언젠가부터 사람들이 모이면 빠지지 않는 화제가 바로 부동산과 주식에 관한 이야기다. 불안한 시대에 소시민이 돈을 벌 수 있는 유일한 방법은 주식뿐이라며 주식

투자 이야기에 열을 올린다. 어떤 모임에서도 주식을 한 번도 하지 않은 사람은 나밖에 없었다. 뭔가 하나에 빠지면 잠도 못 잘 정도로 몰입하는 성격이라 주식까지 하면 내 삶이 얼마나 피폐해질까 두려워서 시작조차 하지 않았다. 게다가 주식을 할 만큼 여윳돈도 많지 않고.

주식을 시작한 후배는 이렇게 말했다. "주식을 해 보니까 좋은 점은 돈이 어떻게 흘러가는지 보이고, 세상이 어떻게 흘러가는지 보인다는 거야." 후배는 세상 공부한다고 생각하고 없어도 되는 돈이라 생각되는 적은 돈으로 한번 시작해 보라고 권했다.

아파트로, 혹은 주식으로 얼마를 벌었다는 이야기들을 나누는 날이 반복되자 조금 침울해졌다. 유용한 정보들을 얻어서 좋기도 했지만 사람들이 생각보다 재산이 많다는 사실에 놀랄 때가 많았다. 나만 세상에서 뒤쳐진 기분이 들었다.

언젠가 친구가 이렇게 말했다. "지금 재테크를 하지 않으면 폐지 줍는 할머니가 될지도 몰라. 젊은 시절 택시만 타고 다니다가 허리 꼬부라진 할머니가 됐을 때 버스만 타고 다녀야 할 수도 있지. 그러니까 정신 똑바로 차려야 해."

회사를 관두고 프리랜서가 된 후 친구가 했던 말이 떠올랐다. 매달 고정적으로 월급이 따박따박 들어오는 삶을 살 땐 솔직히 내가 얼마나 가난한지에 대한 인지가 없었다. 돈을 어떻게 하면 불릴 수 있을지 머리를 굴리는 것보다 오랫동안 생산적으로 살려면 어떤 구조를 만들어야 할까 생각하는 것에 에너지를 모으는 게 더 바람직하다고 생각했다. 하지만 나의 능력을 향상시키는 것에도, 체력에도 한계가 올 것이다. 생산적인 구조를 만드는 것의 시작이 주식일 수도 있을 것이다. 돈에 대한 생각을 달리해야 할 필요가 생겼다. 재테크나 돈에 관심을 가지지 않았던 건 두려워서였는지 모른다. 내 아킬레스건을 건드리고 싶지 않고 현실과 직면해 봤자 불행해지기만 할 것 같았다. 재테크의 시작은 나의 능력과 한계를 알고 내 돈이 어떻게 쓰여지는지 어떻게 흘러가는지 아는 것이다. 돈이 나에게 어떤 의미일까 먼저 생각해 봤다.

돈은 내가 하고 싶은 것을 하게 해 주는 것이지만 내

가 하기 싫은 것을 하지 않아도 되게 해 주는 것. 프리랜서가 되면서 돈에 대한 태도가 달라졌다. '이 돈을 받고 이 일을 해야 할까?' 하는 고민이 될 때가 많다.

'돈도 적당하고, 하고 싶다'라고 생각되면 고민할 필요가 없다. 문제는 보수는 괜찮은데 정말 하고 싶지 않은 일이 들어왔을 때다. 저명한 정치인과 기업인의 자서전 대필 제안을 받았을 때, 평균적인 대필료의 두 배를 준다고 했지만, 고민 끝에 거절했다. 적지 않은 돈이었지만 하고 싶지 않았고, 그때는 그 돈이 없어도 생활할 수 있었으니까. 하지만 아마 돈이 없었다면? 하고 싶지 않은 일이라도 했을 것이다.

돈은 시간을 벌어준다. 돈은 시간이다. 세기의 재벌들이 부러웠던 가장 큰 이유는(여러 가지가 있겠지만) 자신의 제트기를 갖고 있는 거였다. 제트기는 지금 당장이라도 지구 반대편에 나를 데려다줄 수 있으니까. 비행기 표를 예약하고 공항에 가고, 체크인을 하는 수많은 절차들을 생략한 채 원하는 곳에 갈 수 있다니 얼마나 편리한가. 돈이 있으면 비서가 나의 일을 대신해 준다. 기사가 운전을 할 때 나는 미팅 준비를 하면 된다. 이런 일은 요원하니 실생활의 예를 들어 보자. 돈이 있으면 가구 조립을 하는데 시간을 들이지 않아도 된다. 가사 도우미를 부르면 나는 그 시간에 미용실을 다녀올 수 있다. 돈은 수고로운 많은 것들에 들어가는 나의 시간을 절약시켜 준다.

돈은 나이가 들수록 가끔은 친구보다도 더 힘이 되어준다. 친구가 암에 걸렸다. 친구를 위로하고, 친구에게 힘이 되어주고 싶었다. 하지만 현실적으로 친구에게 필요한 건 나의 위로보다 돈이었을 것이다. 친구에게 수육을 삶아주고 친구 가게의 물건을 팔아 줬지만 친구에게 큰 도움은 되지 않았을 거다. 친구는 물론 진심으로 고마워했지만 친구에게 치료비를 보태주지 못한 게 내심 마음에 걸렸다. 친구는 나에게 몇 번이나 말했다. "삶이 힘들 때 도움이 되는 건 보험이야. 암보험은 꼭 들어야 해. 혜택을 꼼꼼히 비교하고 드는 게 중요해."

'돈을 좇으면 돈은 도망간다'라고 생각했다. 그런데 좇아도 돈은 도망가지 않는다. 다만 돈만 좇는다면 다른 것들을 잃을 순 있을 것이다. 친구나 소소한 행복 같은 것. 무리하게 대출을 받아 집을 사서 하우스 푸어로 현재의 행복을 저당잡혀 살아갈 생각도 없다. 지금까지 그래왔고 앞으로도 돈을 좇을 생각은 없다. 하지만 부자가 되지 않더라도 나를 지키기 위해서 필요할 정도로의 돈은 필요하니까 허접한 옷이나 예쁘지만 곧 쓰레기가 될지 모르는 물건을 살 땐 한 번 정도 다시 생각해 보려고 한다. '이게 과연 나에게 정말 필요한 걸까?' 조금 더 현실적으로 생각해 보자. '집이 좁아서 더 이상 물건들을 들여놓을 데가 없어. 그러니 그만 사자.'

돈은 내 삶의 즐거움을 포기하지 않을 정도로만 소중한 것이란 생각은 변함이 없다. 다만 돈을 덜 벌면서 돈을 조금 덜 써도 삶의 즐거움이 사라지지 않는다는 것 또한 알게 됐다. 바쁠 때 돈은 시간을 벌어 줬지만 시간이 많아진 나는 일부러 시간을 들이는 일들을 하나둘씩 시도하고 있다. 택시를 덜 타고 가까운 거리를 걷거나 버스를 타면서 지나치던 풍경을 자세히 들여다본다. 동네를 걸으며 괜찮은 산책 코스를 발견했다. 식료품 쇼핑은 마켓컬리를 애용하는데, 배송비가 안 나오는 4만 원까지 채우려고 필요하지 않은 물건들을 꾸역꾸역 사는 것을 멈췄다. 대신 적은 양이 필요할 땐 걸어서 재래시장까지 다녀온다. 단골 반찬집도 하나 만들었다. 같은 돈으로 너무 많은 양을 사 와서 이웃집과 나누기 위해 4년간 인사도 잘 하지 않고 지냈던 옆집 아주머니와 안면을 텄다. 감자를 드리니 부추전으로 돌아왔다. 참외를 드리니 수박 반 통으로 돌아왔다. 해외로 여행을 갈 수 없는 현실이라 국내 여행을 시작했는데, 한국에 아름다운 곳이 너무 많다는 사실을 알았다. 큰돈을 들이지 않고 얻게 되는 '내돈내산'의 작은 행복들. 돈은 내가 불행해지지 않을 정도로만 있으면 좋겠다. 다행인 건 예전보다 돈을 조금 덜 써도 많이 불행해지지 않았다는 것.

베짱이에 대해서 새로운 사실도 알았다. 개미가 닥쳐올 겨울을 대비해 열심히 일하는 것처럼 베짱이에게 여름철 노래 부르기도 매우 중요하다는 것을. 겨울이 오기 전에 죽는 베짱이는 종족을 보존할 수 있는 방법을 찾아야 했고, 그 방법이 바로 노래 부르기였다. 베짱이의 노래 부르기는 생존의 몸부림이었던 것이다.

다행히 요즈음 어린이들에겐 일방적으로 개미가 잘

했고 베짱이가 나쁘다고 가르치지 않는다고 한다. 각자의 직업관과 가치관이 다르니까.

그리고 자신이 좋아하는 일을 열심히 한 베짱이가 가수가 되어 혹은 유튜브 크리에이터가 되어 성공할 수도 있는 것 아닌가요?

일의 기쁨과 슬픔

우리 아버지는 8형제의 둘째였다. 1명은 6·25 전쟁 통에, 또 1명은 어려서 병으로 죽었다고 했으니까 할머니는 모두 10명의 자식을 낳으셨다. '아, 그러면 할머니는 거의 10년간 임신한 상태로 사신 건가?' 10명의 자식을 낳고 키운 것도 신기했지만 10년 가까운 시간을 아이를 뱃속에 가진 채 살았다는 사실이 더 신기했다.

나는 매달 만든 잡지를 내 자식이나 다름없다고 여겼다(물론 사람 아이와는 무게와 경중이 다르겠지만). 20여 년간 거의 매달 쉬지 않고 한 권의 잡지를 만들었으니 지금까지 난 240권 이상의 잡지를 만들었다. 잡지를 만들며 한 달의 일주일 이상은 밤늦게 혹은 새벽까지 일을 했으니 살면서 1,680여 일간 나는 야근을 했다. 할머니가 삶의 십 분의 일이라는 시간을 임신한 채로 사셨던 것처럼 나는 내 인생 십 분의 일이라는 시간 동안 마감을 하며 살아왔다. 이 사실이 대단하게 여겨지면서 또 한 편으로는 슬퍼졌다. 나는 왜 이렇게 많은 시간을 밤낮 가리지 않고 일을 한 것일까.

2020년 3월, 20년 넘게 지속했던 잡지 마감을 끝냈다(언제 다시 또 시작하게 될지 모르겠지만). 자의가 아닌 타의에 의해서. 잡지 기자로 일을 하면서 나는 일을 떠난 나를 생각해 본 적이 없었다.

어릴 때부터 나는 잡지광이었다. 『보물섬』, 『소년중앙』, 『어깨동무』(이 이름이 낯설지 않다면 80년대 초반에 초등학교를 다니던 나와 비슷한 또래일 거다)는 어릴 적 즐겨 보던 어린이 종합 잡지다. 셋 중 하나를 고르라는 아빠의 분부에 고민 끝에 『소년중앙』을 구독했다(옆집 동생이 『보물섬』과 『어깨동무』를 구독해서 바꿔 보기 위해서 나는 『소년중앙』을 구독했다). 중학교 시절에는 학생 잡지 『하이틴』, 『여학생』을 즐겨 봤다. 좋아하는 밴드가 나오면 스크랩해서 따로 보관하기도 했고 독자 참여 코너에 응모를 하기도 했다. 『논노』 잡지를 좋아하던 이모 덕에 또래 친구들보다 조금 빨리 패션잡지를 보기 시작해서 중고등학생 시절 패션잡지에서 예쁜 페이지를 오려서 교과서를 싸기도 했다. 대학생이 된 후 『쎄씨』, 『마리끌레르』 등 패션지가 나올 날짜가 되면 동네 서점에 가서 이달엔 무슨 잡지를 살까 꼼꼼히 부록과 내용을 비교하며 서점에서 시간을 보내다 오는 게 매달 빠지지 않는 일과였다.

공교롭게도 대학을 졸업한 후 『소년중앙』, 『쎄씨』, 『마리끌레르』 등 내가 독자로 좋아하던 잡지에서 일했던 선배들과 함께 일을 하거나 그 잡지사에 들어가서 일을 하게 되었다. 지금은 시니컬하게 어쩌다 보니 그렇게 되었다고 회상하지만 잡지를 너무 사랑하던 시절엔 어떻게 하면 나도 잡지를 만드는 일을 할 수 있을까, 매일 잠을 설치며 고민했었다.

20년 넘게 잡지를 만들고 이 일을 좋아했던 건 어린 시절부터 내가 필요한 모든 것을 '잡지'로부터 얻었기 때문일지도 모른다. 잡지 안에는 내가 꿈꾸던 모든 것이 있었다. 예쁘고 성공한 여자들, 화려한 옷, 맛있는 음식, 고급스러운 집들, 가보고 싶은 여행지……. 실현이 가능하든 가능하지 않든 그건 중요하지 않은 문제였다.

영화 〈악마는 프라다를 입는다〉와 〈스타일〉 등 잡지사를 소재로 한 대표적인 영화와 드라마가 화제였을 당시, 잡지사에 다니는 기자들은 참 많은 질문을 받았다. '정말 편집장은 악마냐?', '명품 옷 안 입으면 무시당하냐?' 등등. 하지만 국내 잡지사와는 전혀 다른 과장된 상황에 실소도 많이 했다.

잡지 기자의 실상은 영화와 드라마처럼 화려하진 않지만 잡지사 안에는 다른 직종에서 볼 수 없는 '그들만의 세계'가 존재하는 건 부인할 수 없다. 잡지의 전성기부터(최전성기는 80년대였다. 당시엔 전도연, 황신혜 같은 배우들이 잡지 인터뷰를 하기 위해 잡지사 사무실로 찾아왔었다고 한다) 최근까지 변하지 않은 사실은 잡지사 기자들은 백조 같다는 것. 겉으로는 우아한 자태로 떠다녀도 물 아래에선 물갈퀴가 달린 발을 엄청 굴리고 있다. 잡지사의 현실은 겉보기와 달리 한 달 한 달 치열하고 긴박하게, 바쁘고 정신없이 돌아간다. 박봉인데 야근을 밥 먹듯 한다. 육아휴직을 1년 이상 쉬는 기자들도 별로 못 봤다. 과거에는 혹시라도 쉬게 되면 복직해서 자리가 없어질 것을 각오해야 했다. 여성 중심의 조직이라 다른 업종에 비하면 평등한 구조인데 마땅히 누려야 할 휴가나 복지 등엔 취약한 편이다. 에디터들은 매일 관두면 뭐하나, 언제 관두나 고민하면서 10년 넘게 이 일을 하고 있는데 이들의 공통점은 모두 이 일을 사랑한다는 것. 이건 열정 아닌 중독에 가까운 거다.

20년간 일하면서 나는 내가 만들던 잡지의 휴간(사실상 폐간)을 두 번 겪었다. 한 번은 기자였을 시절, 한 번은 편집장이 되어서 만든 잡지다. 2000년대 초반 기자였을 시절, 어느 날 출근을 했더니 편집장이 기자들을 회의실로 소집했다. "『코스모걸』이 다음 달부터 안 나오게 됐어." 오늘 출근해서 내일부터 일을 하지 않아도 된다는 소식을 전달받았을 때 충격은 적지 않았다. 휴간 결정과 함께 신속하게 다음 절차가 진행됐다. 부서 이동을 할지 퇴사할지 결정해야 했다. 하지만 부서 이동도 내 맘대로 할 수 없었다. 부서에 내 연차의 '티오'가 나야 이동할 수 있었다. 일하고 싶은 잡지에 티오가 더 이상 안 날 거 같다는 말에 퇴사를 결정했다. 나는 젊었고 회사에서 받은 소정의 위로금으로 몇 달은 돈 걱정 없이 놀 수 있었으니까. 운이 좋았는지 회사를 관두고 한 달도 채 놀지 못하고 다른 회사로 이직했다.

두 번째 휴간은 예전과 사정이 달랐다. 2~3년 전부터 잡지 시장이 어려워지면서 휴간을 하는 잡지가 하나둘씩 생기기 시작했다. 언제가 될지 모르지만 나에게도 닥칠지 모를 일이었다. 하지만 내가 편집장으로 있는 잡지가 휴간한다는 건 어마어마한 일이었다.

휴간을 하기 6개월 전 즈음 회사를 관두려고 했었다. 한 번도 쉬지 못해 번아웃이 오기도 했지만, 하루하루 매출이 떨어지는 잡지 시장에서 버티는 게 너무 힘들었다. 지금 했던 일과 다른 일을 해 보고 싶었다. 기업의 마케팅이나 브랜딩을 해 보고 싶었다. 구직 사이트를 보고 경력자 마케터를 뽑는 기업에 마구잡이로 이력서를 넣었다. 어디에서도 서류 전형이 통과됐다는 연락을 받지 못했다. 한 달 후 즈음 깨달았다. '10년 차 차장급을 뽑는데 20년 차가 지원했구나' 싶어 부끄러워졌다. '내가 하면 더 잘할 수 있어. 내 나이 말고, 능력만 봐 줘'라고 생각하는 건 잡지 일을 한 번도 해 보지 않은 사람이 수석 기자를 하겠다는 것과 뭐가 다른가. 시장에서 평가하는 나의 가치를 깨닫고 나는 제자리로 돌아왔다.

마음을 다잡고 아무 생각 없이 일을 하다가 갑자기 코로나 시대와 마주했다. 여행잡지는 물론 모회사인 H 여행사는 크나큰 타격을 받았다. 인공호흡기를 달면 몇 달은 버틸 수 있었겠지만 불 보듯 뻔한 결말이었다. 대표이사는 휴간을 결정했다. 팀장들을 모아 발표했고 그 날 바로 기자들에게 사실을 전달했다. 그 전 달 잡지를 만들 때만 해도 그 잡지가 마지막 호가 될지 몰랐다. 소식을 들은 기자들은 울기 시작했다. 나는 그 자리에서 울지 못했다. 아이들 앞에서 울지 못하는 엄마처럼 기자들 앞에서 울 수 없었다. 휴간 결정이 나고 하루 또 하루가 지나자 팔다리가 떨어져 나간 듯한 상실감에 빠졌다. 며칠 밤 소리 내어 엉엉 울었다.

그렇게 직장을 관두고 자유인이 되었다. 프리랜서라

는 이름도 있지만, 가끔 아르바이트나 다름없는 외고 쓰는 게 다였으니 '백수'라는 게 정확했다. 20년간 한 번도 쉰 적이 없으니 몇 달은 아무 생각 없이 쉬어야겠다고 생각했다. 2년 전 함께 출장을 갔던 배우 이상윤 씨가 인터뷰를 하면서 이렇게 말했다. "인생에서 꼭 필요한 게 백수가 되어보는 거예요. 잠시 멈춰 서면 비로소 보이는 게 있거든요." 그는 슬럼프가 찾아왔을 때 산티아고 순례길을 걷기 위해 떠났다. 32일간 순례길을 걷고 떠나기 전과 다른 사람이 되어 돌아왔다. 그가 순례길을 걷는 사진을 보여줬다. 장발에 수염을 기른 방랑자, 사진 속의 그는 낯설었지만 자유로워 보였다.

처음 백수가 됐을 때는 마냥 행복했다. 새벽 두 시에 잠들어서 아침 10시에 일어나도 아무도 뭐라고 하지 않는 삶. 다음 날 출근 걱정 없이 밤늦게까지 친구들과 술을 마시니 술이 더 달게 느껴졌다. 운전면허도 따고, 국내 여행도 다니고, 책도 쌓아놓고 읽고, 도수치료도 받고, 배우고 싶었던 우쿨렐레도 배워야지. 그동안 시간이 없어서 못한다는 핑계로 미뤄뒀던 것을 하면서 시간을 보냈다.

한 달, 두 달, 석 달까진 마냥 좋았다. 석 달이 지나자 이상하게 기분이 울적했다. 이게 바로 코로나 블루인가? 여행업계라 그랬나. 아는 사람들의 대부분이 무급 휴직에 들어가거나 잠정 휴업 상태였고, 철수하는 관광청의 소식도 들려왔다. 실업자 생활이 아주 길어질 수도 있다는 생각이 들었다.

처음에 가장 힘들었던 건 잡지 편집장의 타이틀로 누렸던 모든 것들이 사라졌다는 거였다. 잘 느끼지 못했던 사실인데, 자리에서 내려오니 '그동안 내가 많은 호사를 누렸구나'란 생각이 들었다. 수많은 '팸투어'(관광청이나 항공사, 호텔들이 기자와 작가를 초청해 하는 투어)를 다녔고(여행잡지에서 일했으니 팸투어를 갈 기회가 더 많았다. 물론 패션잡지 편집장들처럼 럭셔리한 출장은 많지 않았지만 취재라는 명목으로 더 넓은 세계에서 다양한 경험을 할 수 있었다) 신제품이 나와도 남들보다 먼저 취재 차 접할 수 있었다. 매체의 영향력으로 섭외하기 힘든 어려운 셀레브리티들과 아티스트들도 쉽게 섭외할 수 있었다. 어느 누구도 여행을 싫어하는 사람은 없었으니까. 사람들은 여행잡지 편집장을 여행과 동일시

하며 바라볼 때가 많았다. 사람들이 나를 바라보는 선망의 눈빛엔 여행에 대한 꿈이 서려 있었다. 나는 별다른 능력도 없이 그 호의를 누렸고, 그 행운을 백 퍼센트 나스스로 만든 것이라고 착각했다. 타이틀이 없어지자 나를 찾는 사람이 확연히 줄었다(여행업계가 초토화되었으니 당연한 일이었다).

"걱정 마세요. 전 너무 잘 지내요. 때가 되면 일을 하게 될 거예요." 백수 초창기엔 걱정해 주는 선배들의 말에 웃으면서 말했다. 말은 이렇게 했지만 무직의 시간이 길어지니 불안감이 엄습했다. 백수 생활 다섯 달째 접어들자 출근을 하지 않는 일상은 당연해졌다. 어쩌면 평생 백수로 노는 건 아닐까? 어쩌다 가끔 오는 전화는 죄다 대출, 보험, 텔레마케터의 전화였다(내가 이토록 많은 텔레마케팅에 동의했던가).

내가 몇 년 전 진로 문제로 고민했을 때 편집장을 하다 관둔 선배가 이렇게 말했다. "버틸 수 있을 때까지 조직에서 버텨. 편집장을 하다가 나오면 의외로 할 수 있는 게 많지 않아. 클라이언트들이 부담스러워 하거든.

게다가 편집장은 디렉팅을 주로 하잖아. 작은 일은 기자들에게 분담시키는 게 습관이 되어있기 때문에 막상 나 혼자 나오게 되면 내가 혼자 할 수 있는 게 정말 없구나라는 생각이 들어. 당장 직원을 뽑을 수 없으니까 사소한 일도 다 혼자 처리해야 해. 그것도 쉬운 일이 아니야."

먼저 회사를 관둔 편집장들은 독립하기까지의 과정이 쉽지 않다고 입을 모아 말했다. 독립도 때가 있으니 40대 초반에 독립하지 못할 바에 회사에서 끝까지 버티라는 조언도 해 주었다. 말 그대로 '존버'하라고 모두들 입을 모아 말했다. 40대 후반에 회사에서 나오면 혼자 아무것도 할 줄 모른 채 정글에 내쳐진 집 강아지나 다름 없다는 것이었다.

반대로 나보다 먼저 회사를 나와서 지금은 작가가 된 후배는 이렇게 말했다. "선배, 내 의지로 내 발로 걸어 나오는 게 좋은 것 같아. 우리 모두 회사를 평생 다닐 수 없잖아." 후배는 자신이 선택의 주체가 되는 게 중요하다고 말했다.

결국 나는 내 발로 나올 기회를 놓치고 회사에서 내쳐졌다. 나란 인간은 좋아하는 것이 가라앉는 배라는 사실을 알아도 그 배에서 먼저 탈출할 정도로 심지가 굳거나 기민한 사람이 아니었다.

회사를 관둔 지 6개월, 텔레마케터의 전화조차 없는 날, 휴대폰이 고장 났나? 괜한 의심까지 하다가 이런 생각에 다다랐다. 내가 과연 쓸모 있는 인간일까? 심지어 내가 뭘 잘하는 사람이었는지 생각이 나지 않았다. 앞으로 어떤 회사와 조직이 날 받아줄까? 47세, 내일모레 오십을 앞둔 사람을, 굳이 고연봉을 주면서 나를 뽑을 정도로 내가 가치가 있을까? 지금까지 아무도 나를 찾는 이가 없다는 건 아무 경쟁력이 없다는 거 아닐까?

지금의 불안감은 10대 때 겪은 사춘기, 취업을 앞둔 대학교 4학년 때 했던 고민과 다르다. 30대에 찾아 들었던 제2의 사춘기와도 차원이 다르다.

넷플릭스에서 드라마 〈나의 아저씨〉를 다시 보는데, 몇 년 전과 달리 보는 내내 마음이 무거웠다. 몇 년 전만 해도 박동훈 부장(이선균)에게 감정이입 했는데 다시 보니 박동훈의 형 박상훈(박호산)과 그의 친구들에게 더 감정이입이 됐다. 아이유가 할머니를 카트에 싣고

달을 보러 갔을 때도 눈물이 났지만 아저씨들이 운동장에서 공차는 모습을 봐도 기분이 이상했다. '이 아저씨들이 얼마 전까지 대기업 임원이었는데 왜 청소를 하고, 수건을 삶고, 곱창집을 할까? 그리고 왜 아침부터 소주를 마시고, 공을 차고 있지?'

나를 찾아주는 회사는 없을 거 같아 독립을 하는 쪽으로 마음을 먹었다. 하지만 젊을 땐 쓰러져도 다시 일어날 힘이 있다. 지금 이 나이에 맨땅에 헤딩을 했다가 무너지면 일어나기 힘들 수도 있다. '내가 과연 잘할 수 있을까?' 생각하니 잠이 오지 않는다. 세 아이의 아빠이자 가장인 동갑내기 작가 친구는 지금도 어떻게 살아야 할지 몰라서 한밤중에 자다가도 벌떡 일어난다고 한다. 앞으로 20년은 더 일해야 하는데 어떻게 해야 할까.

어느 날은 뭐든 다 잘할 수 있을 거 같다가도, 어느 날은 아무것도 하지 못할 거 같다. 어느 날은 하고 싶은 게 너무 많은데 또 어느 날은 하고 싶은 게 하나도 없다. 이런 생각이 반복됐다. 하고 싶은 것을 하기 위해 모험을 해야 할지, 다시 조직에 들어가서 할 수 있는 것을 하며 살아야 할지 고민은 계속 됐다.

나에게 '일'이란 어떤 의미일까? 일중독자라고까지 생각하진 않았지만 나는 일을 참 좋아하는 사람이다. 좋아하는 일을 하면서 보람과 행복을 느꼈고 남들에게 인정을 받으면서 존재감을 찾았다. 딱히 잘할 줄 아는 게 없는 내가 지금까지 먹고 살아온 것은 호기심이 많고, 사람 만나는 것을 좋아하고, 남들이 읽어줄 정도로는 글을 쓸 줄 알아서였다. 일이 단지 나에게 돈벌이 수단에 불과했다면 이 일을 오래 하지 못했을 거다.

오늘도 스스로에게 묻는다. '뭘 하고 싶어?' 정색하고 누군가 내게 이 질문을 해 오면 솔직히 잘 모르겠다. 이상형이 뭐냐고 질문을 받았을 때처럼(이제 누구도 이런 질문은 하지 않지만) 멈칫하게 된다. 한 5년 전엔 '나이 오십이 되면 동네에서 심야식당 같은 작은 식당을 하고 싶어'라고 말했지만, 지금은 후라이팬 들 기운도 별로 없는 걸.

시장에서의 내 가치는 뭘까? 그건 더 잘 모르겠다. 하지만 그래도 확실히 아는 게 하나 있다. 뭐든지 열심히 하고, 좋아하는 일은 더 열심히 잘할 수 있다는 것! 학창 시절, 잘 못하던 수학은 깔끔하게 포기하고 나머지

과목은 열심히 해서 점수를 잘 받았던 것처럼.

아리스토텔레스는 "만족과 보수를 받는 자리는 양립할 수 없다"고 했다. 매슬로는 "우리가 무엇을 원하는지 아는 것은 정상이 아니다. 그것은 보기 드물고 얻기 힘든 심리학적 성과다"라고 했다. 아리스토텔레스와 매슬로가 말했듯 세상에는 완벽한 직업도 일도 없다. 완벽히 자신이 무엇을 원하는지 아는 것도 쉬운 일은 아니다. 하지만 보통은 그의 책 『일의 기쁨과 슬픔』에서 이렇게 일에 대한 의미를 정의했다.

"우리의 일은 적어도 우리가 거기에 정신을 팔게는 해 줄 것이다. 완벽에 대한 희망을 투자할 수 있는 완벽한 거품은 제공해 주었을 것이다. 우리의 가없는 불안을 상대적으로 규모가 작고 성취가 가능한 몇 가지 목표로 집중시켜 줄 것이다. 우리에게 뭔가를 정복했다는 느낌을 줄 것이다. 품위 있는 피로를 안겨줄 것이다. 식탁에 먹을 것을 올려 놓아줄 것이다. 더 큰 괴로움에서 벗어나게 해 줄 것이다."

빙고! 일은 나를 더 큰 괴로움에서 벗어나게 해 준다. 생각해 보면 삶에는 일을 제외한 괴로움이 얼마나 많은가. 자존감을 느끼지 못하고, 누군가를 미워하고, 가족과 불화를 겪고, 사랑하는 남자에게 배신당하는 일. 경제적으로 자립하기 위해 일은 반드시 필요하지만 인간에게 받는 상처로부터 자신을 보호하기 위해서도 필요하다. 일로 인한 스트레스 또한 작지 않지만 일은 나에게 성취감을 느끼게 해 주고, 자존감을 심어주며, 시야와 사고를 확장시켜 준다.

내가 원하는 삶은 규모가 작지만 잘할 수 있는 일들을 하며 성취감을 느낄 수 있는 삶이다. 큰돈을 벌고 빨리 은퇴하는 것이 아니라 '가늘고 길게' 하고 싶은 일을 하며 즐겁게 살고 싶다. 목표는 정하지 않았지만 방향은 알 거 같다. 여전히 혼자 서는 것은 겁이 나지만 길이 없다면 어쩌겠는가. 길이 없으면 길을 만들어야지. 내가 조직에서 일할 때도 누누이 했던 생각이다.

여전히 뭘 해야 할지, 구체적인 답을 얻지 못했지만 가고 싶은 방향으로 발을 조금씩 내딛다 보면 길이 만들어질 거다. '잠시 멈춤'의 시간은 다음 발걸음을 내딛기 위해 필요한 시간이었다는 것을 이 시간을 통과하면 알게 될 것이다. 원하는 일을 하게 되면 비싼 와인을 따며 이렇게 말하지 않을까. "일의 기쁨과 슬픔은 내 피로에 대한 보상으로 가끔 나에게 최고급 선물을 해 주는 거야."

3부

하루와 인생을
잘 보내는 방법에 대하여

반려식물과 살아가기

내 집에는 나 말고 살아있는 생명체가 여럿이다. 고양이 두 마리, 알렉스와 쿠로가 산다. 그리고 식물이 7개 있다. 이름을 지어주지 못했지만 나이순으로 극락조, 고무나무, 문샤인, 호프셀렘, 선인장(선인장의 이름을 정확히 모르겠다), 바질이다.

동물 구성원은 바뀔 일이 없지만(엄마가 자식을 바꾸지 않듯 고양이 자식들은 출가도 가출도 결혼도 할 생각이 없어서 나와 죽을 때까지 살 예정이다) 식물은 가끔 구성원이 바뀌기도 한다. 그렇다면 식물은 자식이라고까지 생각하지는 않는 건가? 묻는다면 식물은 어디까지나 식물이니까, 솔직히 그렇게 생각했다. 어느 날 갑자기 내 집에서 나와 함께 1년간 살던 아테누아타가 죽기 전까지는. 식물은 내 집을 아름답게 해 주는 장식품 같은 거라고만 생각했다.

식물에 관심을 갖게 된 건 그리 오래되지 않았다. 4년 전, 현재 집으로 이사 오기까지는 일부러 식물 쇼핑을 하지는 않았다. 집에 있는 식물이라고는 간혹 동네에 식물 파는 트럭에서 산 작은 허브 화분, 집에 놀러 온 손님이 사 가지고 온 작은 화분이 전부였다. 식물 키우는 재주가 없는 건지, 그렇게 집에 온 식물들은 나와 함께 오래 살지 못했다.

현재 사는 집으로 이사 오면서 예전 집보다는 큰 거실과 작지만 베란다도 생겼다. 친구들이 집들이 선물로 뭘 받고 싶냐고 물어왔을 때 처음으로 '멋진 식물'을 갖고 싶다고 생각했다. 리빙 잡지나 핀터레스트에서 본 것처럼 커다란 화분에 담긴 번듯한 식물 말이다.

새집에 온 후 제법 덩치가 큰 식물들을 들일 생각으로 여기저기 둘러보기 시작했다. 먼저 집 앞 시장에 갔다. 시장 앞에서 좌판에 깔아놓고 식물을 파는 데가 있는데 무엇보다 가격이 저렴해서 마음에 들었다. "어떤 식물이 오래 살아요? 식물 처음 키워 보거든요." 아주머니는 답했다. "고무나무가 잘 안 죽어요. 물은 흙이 말랐을 때 주면 돼요." 그렇게 집에 온 고무나무는 지금까지 나와 살고 있다. 가끔 생각날 때만 물을 주는데도 봄마다 새잎이 나고 가끔 꽃도 피었다. 다음으로 집에 온 식물이 아테누아타다. 친한 포토그래퍼 실장님의 집들이 선물이었다. 집들이 날 아테누아타가 우리 집에 들어오자 친구들은 모두 입 모아 말했다. "우와, 진짜 비싸 보인다"(이렇게 자본주의적인 논리로만 이야기할 거니? 선물은 정성이지). 한눈에 봐도 고급스럽고 이국적인 자태를 뽐내는 식물이었다. 이 식물의 정식 이름은 아가베 아테누아타. 이름부터 열대나라의 식물스럽다. 아가베 아테누아타는 멕시코 원산의 다육식물로, 잎이 부드럽고, 가시가 없다.

인터넷으로 아테누아타에 대해 찾아봤는데 다육식물의 특징은 다 가지고 있었다. 추위를 견디지 못하고, 햇빛은 좋아하며, 잎이 두껍고, 물을 자주 주지 말아야 한다. 꽃을 피우기는 하지만 자주 볼 수는 없다.

그다음에 온 식물은 인터넷 사이트에서 저렴하게 구입한 극락조다. 고무나무, 아테누아타, 극락조, 관엽식물 세 개가 마치 새집 동기처럼 함께 자라기 시작했다. 극락조와 고무나무가 잎을 미친 듯이 틔우는 사이, 아테누아타는 천천히 자기만의 속도로 생명을 유지해 갔다. 하지만 나름의 방식대로 살고 있다고 생각했는데 6개월 정도 지나자 잎이 점점 가늘어지기 시작했다. 가늘어진 잎이 시들어서 떨어지고, 아테누아타는 처음 우리 집에 오기 전보다 덩치가 작아져 초라한 모습이 되었다. 그러던 어느 여름날, 잎이 시들해 보이길래 물을 줬다. 그러나 그다음날 난 놀라서 소리를 쳤다. "악! 안 돼~" 아테누아타가 하루아침 사이에 잎이 물러져서 모두 아래로 축 쳐져 죽어버린 것이다. 심지어 잎에서는 썩는 듯한 이상한 냄새까지 났다. 전날까지도 눈으로 보기에는 전혀 문제가 없었는데 이렇게 하루아침에 죽어버리다니! 믿어지지 않았다. 게을러터져 식물을 여럿 말려서 죽여는 봤지만 이런 모습으로 식물이 죽은 것은 처음 봤다. 물러 터져 죽은 아테누아타의 모습은 정말 처참했다. 기분이 너무 이상했다. 아테누아타가 슬픔에 차서 자살이라도 한 것처럼. 물에 절인 배추나 파처럼 무른 잎을 보니 인터넷에서 본 주의사항이 떠올랐다. 하지만 왠지 분했다. '물을 자주 주지 말라고만 했지 이렇게 하루아침에 죽을 수도 있다는 말을 하진 않았잖아.' 아테누아타에게 독약이라도 준 것처럼 미안했다. 덥고 습한 한국의 여름철에는 오히려 물을 더 자주 주지 말아야 한다는 주의사항은 아테누아타가 죽은 뒤에야 발견했다. 죽은 아테누아타를 버리는데 눈물이 났다.

그 후부터 식물들을 조금 더 신경 써서 돌보기 시작했다. 몇 개 안 되고 식물 키우는데 재능도 없지만 그제서야 식물마다 어떤 특성이 있는지, 식물이 뭘 좋아하고 싫어하는지 공부하고 조금 더 들여다보기 시작했다. 식물에게 중요한 것은 햇빛보다 바람이고, 식물은 말라 죽는 것보다 과습으로 죽는 경우가 많다는 것도 알았다. 커다란 잎은 숨을 쉴 수 있게 가끔 먼지를 닦아줘야 하고, 물은 밤보다는 아침에 주는 것이 좋다는 것도 알았다. 물은 일주일에 한 번, 2주일에 한 번 이렇게 주는 것보다 흙이 완전히 말랐을 때나 식물이 약간 건조해서 목말라 보일 때 듬뿍 줘야 한다는 것도. 식물을 50개 정도

키우는 여행작가 후배가 언제 물을 줘야 할지 모르겠다고 했더니, 흙이 말랐는지 육안으로 인식이 안 될 때는 흙 안에 손가락을 한 마디 정도 넣어보라고 팁을 줬다.

식물에게 가장 안 좋은 것은 과한 것이다. 과한 햇빛, 과한 물주기 그리고 과한 기대. 엄마가 '화분은 적당히 게으른 사람 = 본인, 집에서 더 잘 자라'라고 항상 말씀하셨는데 왜 그런지 알게 되었다. 정도가 넘지 않는다면 식물은 정성을 기울이는 대로, 자신의 속도대로 자라난다.

식물과 함께 살면서 모든 생명체는 제 나름대로의 성정과 아름다움을 갖고 태어났다는 진리를 새삼 깨달았다. 세상의 동물들이 존재의 이유를 온몸으로 증명하듯 식물도 나름대로의 방식으로 자신의 존재 가치를 뽐낸다. 한 예로 식물들은 잎이 나오는 방식도 저마다 다르다. 극락조는 줄기에서 잎대가 나와 서서히 조금씩 펴지다가 어느 날 갑자기 커다란 잎이 핀다. 마치 기적처럼. 호프 셀렘은 하루아침 사이에 손바닥 만한 줄기가 나오더니 손바닥 모양의 잎이 나왔다. 고무나무는 가장 윗부분에서 봉우리처럼 잎이 솟아난다. 잎에 구멍이 뻥 뻥 뚫린 몬스테라의 잎이 나올 때는 괴이한 생명체가 태어나는 것을 보는 것처럼 신기했다.

모래알처럼 작은 새싹이 고개를 내밀 때, 새로운 줄기가 나왔을 때, 꽃망울을 틔울 때, 내 마음에도 새잎이 난 것처럼 기뻤다. 엄마가 베란다를 화원처럼 만들게 된 이유도, 식물들 하나하나에게 이름을 붙여주고 불렀던 것도 이해가 가기 시작했다.

시들시들 축 쳐져 있던 식물에 물을 줬더니 다음 날 만세를 부르며 살아난 것을 보거나, 흙을 더 덮어주거나 분갈이를 해 줬더니 보란 듯이 새잎을 틔우는 것을 보게 된다거나, 죽은 줄 알고 내버려 두고 물도 안 줬던 식물에서 봄이 되자 꽃이 핀 것을 보게 될 때는 식물이 동물처럼 감정을 가진 생물이 아닐까 하는 생각마저 들었다. 예민하고 연약해 보이지만 귀엽고 강인한 생명체!

어떤 존재를 돌보며 성장하는 것을 지켜보면서 기뻐하고, 수많은 햇빛과 바람과 계절과 시간을 함께 보내는 존재가 있다는 것은 삶의 큰 위안이 되곤 한다. 이제 식물은 내 집을 아름답게 해 주는 장식품이 아니라 나와 함께 살아가는 가족이 되었다.

이렇게 쓰고 나니, 내가 대단한 식물 전문가처럼 보이지만 사실은 아무것도 모르는 게으름뱅이 초보 가드너다. 오늘도 예민한 호프 셀렘 화분에 손가락을 쓰윽 넣어봤다. 문제는 넣어봐도 잘 모르겠다는 것. 음식 간을 봐도 그 맛을 모르는 초보 주부처럼 알쏭달쏭하다. 식물의 말을 잘 알아들을 수 있을 것 같은 그 날이 오면 용기를 내어 아테누아타도 다시 새 식구로 들일 수 있을 것 같다.

나만의 정원을 갖게 된다면 심고 싶은 나무를 생각해 봅니다. 레몬 나무, 사과나무, 오렌지 나무, 망고 나무, 바나나 나무. 배가 고픈 걸까요?

가재울 여살롱에
놀러 오실래요?

아뿔싸, 또 늦었다. 친구들이 하나둘씩 도착하기 시작했건만 여전히 내 주방은 난장판이다. 손님이 오기 전까지 요리를 다 마치고 리델 잔과 파리 벼룩시장에서 산 빈티지 접시를 세팅까지 해 놓으려고 했지만 오늘도 파스타 삶을 물은 아직 가스레인지에서 끓고 있고 오븐 속 치킨은 익으려면 아직 멀었다. 고양이들은 '뭐야, 오늘도 누가 오는 건가?' 심드렁한 표정으로 테이블 주변을 서성인다.

그렇다! 나는 사람들을 초대해서 무언가를 해 먹이는 것을 좋아한다. 내 홈파티의 역사는 10여 년 전으로 거슬러 올라간다. 단독주택의 2층에 세 들어 살던 시절, 집에는 석류나무가 드리워진 작은 테라스가 있었다. 나보다 나이가 10살 정도 많은 주인집 부부는 무슨 연유인지 나에게 야외 테이블 세트를 사 주셨다. 그 선물을 잘 활용해 보겠다는 생각에 주말이면 친구들을 불러 삼겹살을 구웠다. 멤버가 한두 명에서 네다섯 명이 되더니 어떤 날은 2층 테라스 전체를 꽉 채운 인원이 모였다. 사람들이 모여드니 메뉴도 삼겹살에서 파스타, 닭볶음탕, 연어 카르파치오, 소고기 스튜, 빠에야 등등으로 업그레이드 됐다(이렇게 사람들을 집에 불러 먹이다가, 『같이 밥 먹을래』라는 책도 썼다).

이층집을 떠나 다음에는 남산이 보이는 해방촌에 집을 얻었다. 집을 보러 갔을 때 부동산 아저씨는 나에게 이렇게 말했다. "3층에 살면 좋은 점이 있어요. 옥상을 내 집 마당처럼 쓸 수 있다는 거죠." 아저씨 손에는 달랑달랑 옥상으로 가는 열쇠가 들려있었다. 낡고 오래된 빌라라서 고민했지만 아저씨와 함께 옥상에 올라간 후 바로 집을 계약했다. 남산타워부터 멀리 하얏트호텔까지 보이는 전망 하나만으로도 이 집을 계약할 이유는 충분했다. 남산이 파노라마로 보이는 전망은 여느 펜트하우스의 뷰보다 근사했다. 나에게 주어진 옥상 문을 여는 열쇠는 천국으로 향하는 열쇠 같았다.

해방촌 집에는 그전에 살던 이층집보다 더 많은 사람들이 드나들었다. 서울의 한복판이라 강남과 강북 양쪽 동네에서 친구들이 오가기 편한 위치였다. "선배 어디세요? 제가 지나가는 길인데, 잠깐(맥주 마시러) 들를까요?", "어디냐? 약속 시간이 뜨는데 집에 가서 고양이 좀 봐 주고(간 김에 밥도 먹고) 가도 될까?" 참새 방앗간 같은 해방촌 집의 옥상에서는 저녁마다 노을 극장이 열렸다. 삼겹살을 구워 먹든 파스타를 해 먹든 각자 사 온 음식으로 포트럭 파티를 즐기든 맥주를 혹은 와인을 마시며 바라보는 남산의 노을은 참 예뻤다.

해방촌에서 2년 정도 살다가 가재울의(옛날에 개울에 가재가 많이 살아서 그렇게 이름이 지어졌다고 한다. 너무 귀여운 이름이지 않은가) 아파트로 이사 오게 되었다. 해방촌 집을 사랑했지만 아파트에서 좋은 조건으로 살게 될 기회가 생겼고 현실적이고 편리한 조건들을 외면하기는 힘들었다. 아파트로 이사 와서도 나의 홈파티는 계속 되었다. 친구들은 옥상 대신 넓은 거실의 다이닝 테이블에 옹기종기 모여 앉기 시작했다. 일명 이곳은 '가재울 여살롱'.

홈파티를 좋아하는 건, 요리하는 것을 좋아하는 데다 내가 만든 음식을 누군가가 맛있게 먹어주는 것을 좋아한다는 단순한 이유에서다. 요식업에 종사하는 많은 분들과 훌륭한 요리사분들께는 정말 죄송하지만, 나는 내가 만든 음식이 웬만하면 밖에서 사 먹는 음식들보다 맛있다(가끔 맛이 없기도 하지만). 물론 맛있다는 것은 아주 주관적인 기준이다. 나는 내가 만든 음식 말고 내 친구가 만든 음식들도 좋아하고 잘 먹는데, 솔직히 음식의 퀄리티로 따지자면 고급 식당이나 소위 맛집이라 불리는 곳들의 음식 맛을 따라갈 순 없을 것이다. 하지만 좋아하는 사람들에게 맛있는 음식을 해 줄 생각을 하면 아드레날린이 솟구친다. '뭘 먹을까?' 메뉴를 떠올리는 것도 신나고, '어떤 그릇에 담을까?'라고 생각하는 것은 더 신난다. 막상 음식을 만들 때는 늘 손님이 들이닥칠 때까지도 완성이 안 되어서 즐거움이고 뭐고 느낄 겨를도 없지만.

홈파티가 좋은 또 한 가지 이유는 맛있는 술을 아주 비싼 값을 주지 않고서도 편하게 즐길 수 있어서다. 홈파티의 원칙이 있다면 메인 요리는 호스트가, 술과 디저트는 게스트가 준비한다는 것. 메인 요리가 무엇인가에 따라 게스트들은 음식에 잘 어울리는 술을 알아서 준비해 온다. 간혹 좋은 술이 있을 때는 술에 맞춰서 어울리는 음식을 준비하기도 한다. 가끔 와인에 일가견이 있는 친구들이 사 온 귀한 와인을 거기에 맞지 않는 홈 메이드 음식과 함께 먹게 하는 게 조금 미안할 때도 있지만, 그럴 때는 메인 요리를 망쳤을 때를 대비하여 2차 안주를 푸짐하게 준비하면 된다. 좋은 술은 치즈와 하몽, 올리브만 있어도 충분하니까.

홈파티는 컨셉이 있을 때 더 즐거워진다. TV 프로그램 〈윤식당〉이 방영중일 때에는 일명 '윤식당 패러디 파티'를 했다. 프랑스 출장을 다녀온 지 얼마 안 된 터라 한식이 당겼다. 출장 멤버들과 함께 〈윤식당〉에서 나온 음식들을 해 먹기로 했다. 비빔밥, 잡채, 김치전, 디저트로 아이스크림을 얹은 호떡까지. 손이 많이 가지만 맛이 없을 수가 없는 메뉴였다. 내 집 거실이 스페인도 아니고, 내가 윤여정도 윰블리도 아니지만 친구들은 말했다. "앙티브에서 여식당 하는 건 어때?"

긴 여행에서 돌아온 후에는 당장 한식이 먹고 싶지만 여행지에서 사 온 식재료들로 현지식의 맛을 재현해 보고 싶은 욕구 또한 참기 힘들 때가 있다. 하와이 여행에서 돌아온 지 얼마 안 되어서다. 하와이는 미식의 나라라고 할 만한 곳은 아니다. 자연도 사람도 날씨도 완벽하지만 딱 하나 아쉬운 건 음식이다. 와이키키에서 미국식 스테이크나 일본식 우동을 먹기 위해 사람들이 식당 앞에 왜 그렇게 긴 줄을 서는지 이해가 가지 않았다. 가장 맛있게 먹었던 음식은 노스쇼어 지오반니 트럭에서 먹은 새우와 로컬들에게 인기 있는 브런치 레스토랑 모아나 카페에서 먹은 스트로베리 팬케이크였다. 그런데 한국에 돌아오자 하와이 ABC마트에서 매일 사 먹었던 스팸 무스비와 아히 포케, 서핑하고 먹었던 아사히볼이 생각났다. 특별한 맛은 없지만 하와이의 공기와 햇살이 느껴지는 맛이랄까.

그리고 나에겐 월마트에서 사 온 하와이 스트로베

리 팬케이크 가루와 지오반니 새우트럭의 새우처럼 만들 수 있는 마법의 소스가 있었다. 스팸과 냉동 참치, 딸기만 있으면 하와이로 떠나는 게 어렵지 않겠군. 이번 파티의 이름은 '하와이 딜리버리'. 하와이에서 손수 딜리버리 해 온 팬케이크 가루와 소스로 스트로베리 팬케이크와 새우 감바스를 만들고 스팸 무스비와 아히 포케도 만들었다. 거기에 빅웨이브 맥주와 잭 존슨의 음악 'Banana Pancakes'(잭 존슨은 오아후 출신의 팝 가수다)를 곁들이니 이곳이 바로 하와이였다.

하지만 홈파티의 주인공은 음식도, 술도 아닌 함께하는 사람들이다. 부엌에서 앞치마를 두르고 정신없이 음식 준비를 하면 친구들은 테이블에 앉아서 수다를 떤다. 어린 후배들은 부엌에 들어와 나를 돕기도 한다. 홈파티의 호스트가 된 후에 남의 이야기를 잘 들어주게 되었다. 음식 서빙을 마치고 테이블에 앉으면 이미 대화가 무르익은 손님 테이블에 끼어 앉아 그들의 이야기에 맞장구를 치며 웃는 작은 식당의 주인이 된 듯한 기분이든다. 마치 심야식당의 주인처럼 말이다. 평소에 남의 말을 들어 주기보다 내 얘기를 늘어놓느라 친구들에게 핀잔을 듣던 나도 호스트가 된 그 날만큼은 대화의 지분을 줄인다. 무언가 더 필요한 것이 없는지 살피다 보면 자연스레 들어주는 사람이 된다. 이런 나의 포지션이 마음에 든다.

집에서는 여느 술집처럼 주변의 소음이 없으니 대화를 하기 위해 아주 크게 목소리를 높일 이유도 없고, 대화의 밀도가 너무 팽팽하지도, 느슨하지도 않아서 좋다. 많이 속상한 날도 스트레스가 심해서 밖으로 쏟아내고 싶은 날도 화제와 강도를 알아서 조절한다. 솔직하지만 과격하지 않게, 모두가 즐겁게. 그날그날 분위기에 맞는 BGM을 틀고 적당히 흥이 오를 만큼만 마시며 도란도란 이야기를 나눈다. 못살게 구는 상사, 시도 때도 없이 수정을 요구하는 클라이언트, 내 SNS를 감시하는 시누이 등 나를 괴롭히는 사람들에 관한 이야기는 가벼운 안줏거리 정도로 날려 버린다. 오늘은 모처럼 만에 하는 즐거운 홈파티니까.

누군가와 함께 직접 만든 음식과 이야기를 나누는 것은 마음과 시공간, 그리고 시절을 함께 나누는 것이다. 영화에서처럼 나의 삶을 부감 숏으로 담을 수 있다면 석류나무가 드리워진 테라스, 남산이 보이는 옥상, 노란 소파가 있는 거실에 친구들과 옹기종기 모여 앉아 있는 장면을 보며 이렇게 생각할 것 같다. '아 나는 참 행복한 시절을 보냈구나.'

가재울 여살롱에 어쩌다 남자 손님이 오는 날이면 요리를 망치는 징크스가 있습니다. 이젠 포기했어요.

너네는
어느 별에서 왔니?

"알렉스, 쿠로. 너네는 어디에서 왔어?"

고양이와 살면서 나는 말이란 것이 반드시 생각을 거쳐 나오는 게 아니란 것을 알게 됐다. 고양이들이 정말 어디에서 왔는지 궁금한 게 아닌데 고양이들을 보면 저절로 나도 모르게 이 말이 나왔다.

아침에 눈을 떴는데 내 베개 옆에 사람 같은 얼굴을 한 잘생긴 하얀 고양이가 자고 있을 때, 내 발아래 쿵푸 팬더같이 생긴 고양이가 대자로 뻗어서 자고 있을 때, 외출했다가 돌아왔을 때 현관으로 까만 고양이가 어슬렁거리며 나와서 내 다리에 제 얼굴을 부빌 때, 뒤늦게 침대 아래에서 졸린 눈을 한 고양이가 잠투정하듯 '야옹 야옹'하며 울면서 달려 나올 때 나는 어김없이 말한다.

"알렉스, 여쿠로, 바보들아, 너네는 대체 어디에서 왔어?"(바보라는 말이 나에겐 애칭이란 것도 알게 됐다.)

나는 고양이 두 마리와 산다. 한 아이는 알렉스, 14살의 터키시 앙고라다. 한 아이는 쿠로, 7살의 코숏(코리아숏헤어)이다. 알렉스와 쿠로에게 매일 하는 이 말은 내 할머니가 손주인 나와 내 동생에게 했던 말이다. "아이고 내 새끼들. 이렇게 예쁜 것들이 어디에서 왔을까?"

아무 생각이 없던 어린이였을 때는 왜 할머니가 자꾸 나에게 어디에서 왔나 묻는지 이해할 수 없었다. 알렉스와 여쿠로에게 자연스럽게 이 말을 하는 나를 보고서야 할머니가 왜 이런 말씀을 하셨는지 이해하게 되었다.

알렉스와 쿠로는 길에서 왔다. 2008년 봄, 남자 친구와 헤어져서 힘들어하던 나에게 후배는 "선배도 고양이를 키워보는 것 어때?"하고 권했다. 아마 말로만 권했더라면 내 한 몸 돌볼 처지도 못 되는 주제에 선뜻 고양이를 입양할 생각 같은 건 하지 못했을 것이다. 그녀는 고양이 한 마리의 사진이 올라온 링크를 하나 보내왔다. 늠름하기도 하고 귀엽기도 한 하얀 고양이 사진이었다. 사진 아래에는 이렇게 씌어 있었다. '배가 고파서 길에서 쓰레기통을 뒤지던 아이입니다. 주인을 기다리고 있어요.' 이 귀족적인 자태를 한 고양이가 쓰레기통을 뒤졌다고? 길고양이들을 임시로 보호하고 있던 보호소에서 올린 사진이었다. 후배가 말했다. "이 고양이들은 몇 달간 입양되지 않으면 안락사될 수도 있대."

밤새 고양이의 얼굴이 눈에 어른댔다. 다음 날 나는 고양이를 데리러 한남동에 위치한 낡은 빌라로 갔다. 고양이를 평생 책임지겠다는 각서와 함께 3만 원을 냈다(3만 원은 유기 고양이들의 사료나 의료비 등으로 쓰인다고 했다). 하얀 고양이는 마치 기다리고 있었다는 듯 덥석 나에게 안겼다. 잘 듣지 못한다는 이야기를 듣자 더욱 데려가야겠다는 생각이 들었다(나중에 파란 눈의 터키시 앙고라는 선천적으로 난청이라는 것을 알게 됐다).

그렇게 앵두라고 불리던(임시 보호자가 지어준 이름) 하얀 고양이는 나에게로 와서 알렉스가 되었다.

쿠로는 2014년 봄 나에게로 왔다. 알렉스와 단둘이 사는 삶도 좋았지만 동생을 만들어 주는 것도 좋겠다는 생각이 들었다. 그때 즈음 동생 고양이들을 입양한 친구들은 고양이가 한 마리 더 삶에 들어오면서 생긴 긍정적인 변화에 대해 역설했다. 물론 둘째를 입양하기 위해 알아 두어야 할 것은 책임감도 두 배, 비용도 두 배라는 엄연한 사실과 간혹 첫째 고양이와 사이가 영영 안 좋을 수도 있다는 단점도 따른다는 것. 하지만 이 두 가지를 뛰어넘는 가장 큰 장점은 고양이가 주는 삶의 기쁨이 두 배보다 크다는 것이었다.

턱시도 고양이를 한번 키워보고 싶던 차, 고양이 카페에서 1살 된 턱시도 고양이 사진을 봤다. 역시 길고양이 출신이었다. 키우던 사람이 고양이가 네 마리였는데 아이를 갖게 되면서 네 마리를 다 키울 수 없어서 그중 한 마리를 입양 보내고 싶다고 했다. 입가에 짜장이 묻은, 한눈에 봐도 장난꾸러기 같은 턱시도였다. 이름도 없이 '아깽'이라 불리던 턱시도 고양이는 나에게로 와서 쿠로가 되었다.

쿠로는 길 생활을 좀 했었는지, 순한 알렉스와 달리 성격이 만만치 않았다. 집에 와서 처음 일주일간은 침대 아래에서 나오지 않았다. 나와 알렉스를 보고 계속 하악거렸다. 얼마나 사나운지, 보기만 하면 으르렁대서 내가 혹시 늑대 새끼를 데려온 게 아닐까 하는 생각이 들 정도였다. 열흘 정도 지나자 쿠로는 내가 자신과 같이 살게 될 사람이란 것을 파악한 것 같았다. 시크한 척했지만 알고 보니 쿠로는 낚싯줄 장난감에 환장하는 어린이 고양이였다.

순둥이 알렉스는 동생이 생긴 게 싫지 않아 보였지만 처음 몇 달간은 드센 쿠로에게 기가 눌려 쫓겨 다녔다. 알렉스와 쿠로가 친해지는 데는 시간이 걸렸다. 쿠로가 온 몇 달 후 다른 집으로 이사를 했다. 이사를 하는 날, 알렉스를 다른 집에 며칠 동안 맡겼는데 알렉스가 없는 게 영 이상했는지 쿠로는 며칠 만에 알렉스가 집에 오자 버선발로(쿠로는 턱시도 고양이라 정말로 흰 버선을 신고 있다) 나가서 알렉스를 반겼다. 새집에 오자 두 고양이는 예전보다 사이가 좋아졌다. 쿠로는 바뀐 새집보다는 아는 형인 알렉스에게 의지하고 싶었나 보다.

알렉스와 여쿠로는 성격이 정반대다. 알렉스는 사람을 잘 따르고 착한 순둥이다. 안기는 것을 좋아해서 안아주면 항상 그릉그릉 소리를 내며 좋아한다. 알렉스는 항상 내 앞에 있었다(과거형이 된 건 현재의 알렉스는 나이가 들어서 예전만큼 내 옆에 와 있지 않다). 노트북을 쓸 때는 노트북 뒤에, 밥을 먹을 때는 식탁 위에, 심지어 샤워를 할 때도 욕조 앞에 앉아 있었다. 졸졸 나를 쫓아다니던 알렉스는 나이가 들면서 침대 아래나 베란다에 가서 낮잠 자는 시간이 많아졌다.

쿠로는 알렉스와 달리 다혈질이다. 우리 집에는 친구들이 많이 놀러 오는데, 쿠로는 처음에는 낯선 사람만 보면 하악대며 발톱을 세웠다. 계속 친구들이 드나들자 지금은 성격이 바뀌어서 사람들 관심을 끌기 위해 친구들 다리를 툭툭 제 발로 치는 '접대냥'이 되었다. 쿠로는 한 성질 하지만 코믹하다. 엉뚱한 행동을 많이 해서 나를 많이 웃게 한다. 자기 밥통을 실내 슬리퍼로 덮어놓거나, 가끔은 똥을 싸놓고 베란다 슬리퍼로 덮어놓는다. 손을 잘 사용해서 서랍장을 열고 옷을 죄다 꺼내 놓거나 붙박이장의 문을 열고 장롱 안에 들어가 낮잠을 자기도 한다. 처음 왔을 땐 사나웠던 여쿠로의 눈빛은 지금은 한없이 사랑스러워졌다. 언제 그랬냐는 듯 지금은 내 옆에 꼭 붙어있다.

　고양이 두 마리가 내 삶에 들어오면서 생긴 가장 큰 변화는 엄마의 마음이 무엇인지 알 수 있게 된 것이다. 사람 자식을 낳아보지 않고, 또 키워보지 않았으니 '고양이 두 마리 키워놓고 네가 어떻게 엄마의 마음을 알겠냐'고 생각하는 사람도 있을 것이다.

　고양이 두 마리가 머리를 맞대고 아작아작 소리를 내며 사료를 먹는 모습을 볼 때, 나는 새끼들 입에 밥이 들어가는 것을 뿌듯한 표정으로 바라보던 엄마의 얼굴이 된다. 쿠로에게 가끔 얻어맞고, 쿠로가 제 통조림을 빼앗아 먹는데도 가만히 있는 알렉스를 볼 때면 늘 양보하는 착하고 의젓한 첫째를 보는 것 같아서 마음이 짠하다. 형을 더 예뻐하든지 말든지 관심 없는 척하다가 밤이면 내 옆에 파고드는 쿠로는 어떻게든 엄마의 애정을 받고 싶어 하는 막내 같아서 사랑스럽다. 고양이들이 아프거나 토하면 내 식욕도 없어지는 것 같다. 내가 일어나면 졸린 눈을 비비고 일어나서 하루를 시작하고, 늦은 밤 내가 자려고 침실로 가면 제대로 자려고 침대 옆으로 졸졸 따라오는 알렉스와 쿠로를 보면 이 아이들이 없었던 시절은 이제 기억조차 나지 않는다.

세상에 어떤 존재와 이렇게 조건 없는 사랑을 할 수 있을까. 인생에서 가장 무해한 대상을 향한 사랑. 이건 부모와 자식 간의 사랑 빼고는 없지 않을까.

할머니가 손주들에게 이렇게 사랑스럽고 예쁜 존재가 어떻게 나에게 왔을까 신기해서 물었던 것처럼, 나는 오늘도 고양이들에게 묻는다. "이렇게 사랑스러운 내 새끼들은 대체 어디에서 왔을꼬?" 길에서 내가 사랑을 주웠다. 알렉스, 쿠로, 내 인생에 와줘서 정말정말 고마워!

고양이 띠가 왜 없는지 아시나요? 고양이가 신에게 가는 날짜를 잊어버려서 쥐에게 물어보았는데

쥐는 일부러 하루 늦은 다음날을 가르쳐줬다는
설이 있더군요. 속은 고양이가 톰이고 속인 쥐가
제리인 걸까요?

여행을 그리워하는 방

여행 후 '남는 건 사진뿐'이라고 여행 가서 사진을 죽어라고 찍어댄다. 그런데 여행 후 남는 것이 하나 더 있다. 바로 기념품이다(동의하지 않아도 어쩔 수 없지만).

여행지를 갈 때마다 그 여행지를 떠올릴 수 있는 소품을 하나씩 사 오곤 한다. 하나가 두 개가 될 때도 열 개가 될 때도 있다. 고백하자면 보조 가방 하나를 가득 채워오는 일도 허다하다. 패션잡지에서 일할 때는 1년에 두세 번, 여행잡지를 만들고 나서는 1년에 대여섯 번 해외 출장을 다녔으니 얼마나 많은 물건이 집에 쌓였을지는 상상에 맡긴다(다행히 1년에 두어 번 친구들 가게에서 하는 벼룩시장에 참여해서 물건을 털어 낸다).

언젠가 함께 출장을 갔던 친구는 나의 물건 사는 속도에 놀랐다. 분명 물건을 살만큼 시간이 넉넉하지 않았는데, 어느새 내가 여러 개의 물건을 골라서 계산대 앞에 가 있더라는 것. 십수 년 쇼핑 경력이 어디 가겠는가. 출장 가서 잠깐 자유 시간이 생겼을 때에는 눈에 띄는 숍 중 가장 마음에 드는 곳에 들어간다. 물건들을 매의 눈으로 스캐닝한 후 마음에 든 물건을 고양이처럼 잽싸게 집어서 재빨리 계산대로 향한다. 여행지에서 이렇게 신속하게 쇼핑할 수 있는 건 사고 싶은 물건을 발견했을 때 별로 망설이지 않기 때문이다. 아, 이 물건이다 싶을 때, '쟤와 나는 운명이야'라는 신호가 뇌로 감지되는 시간은 3초. 그 후로는 재빨리 가격표를 본 후(그래도 가격을 봅니다) 지갑을 꺼낸다.

사실 오래 망설이지 않는 이유는 여행 가서 주로 사오는 물건이라고 해 봤자 마그네틱, 위스키 잔, 접시, 인형, 모자, 식재료 등에 불과(?)하기 때문이다. 대체 이런 물건들이 무슨 소용이냐며 쯧쯧 혀를 차는 사람들도 많다. 쇼핑 좋아하는 내 엄마조차도 "이 물건들 안 샀으면 집을 샀겠다"라고 말씀하시지만 그럴 때마다 나는 대답

한다. "엄마, 이 물건 안 샀어도 어차피 집은 못 사."

　여행지에서 사 온 물건들은 내 여행의 전리품이다.
명품이 아니어도 값비싼 물건이 아니어도 그 물건을 볼
때마다 한 번은 그 물건이 살던 나라를 떠올리게 된다.
도시의 이름이 쓰인 마그네틱은 나에게는 마치 도시의
훈장 같은 것이다. 세계의 여러 도시에서 온 마그네틱이
쭈르륵 붙은 냉장고 문을 열 때마다 낯선 도시로 체크
인하는 기분에 빠져든다. 수많은 마그네틱 중 오늘 나와
눈이 마주친 것은 노르웨이에서 온 트롤이다. 머리카락
까지 붙어있는 완벽한 트롤과 눈인사를 나누면 나는 어
느새 노르웨이 뮈르달에서 플롬을 향해 달리던 산악 기
차에 올라타 있다.

　위스키를 좋아하지 않지만 위스키 샷 잔은 앙증맞아
서 모으기 시작했다. 위스키보다 소주를 담아 마실 때가
더 많지만 밴프와 리스본에서 사 온 위스키 잔에 술을
따르고는 로키의 빙하수와 포르투갈의 체리로 만든 술
을 마시고 있다고 체면을 건다. 친구들에게 좋아하는 도
시의 잔을 고르게 한 후 원샷을 하면서 그 도시에 얽힌

에피소드 같은 것들을 풀어놓는 시간도 즐겁다.

책장에는 각 나라에서 온 인형들이 주르륵 서 있거나 앉아 있다. 인형을 사 모으다니 몇 년 전의 나로서는 상상할 수 없는 일이다. 터키에서 도자기로 된 고양이 인형을 사 온 후 시애틀의 알파카, 하와이의 인디언, 캐나다 프린스에드워드섬의 빨강머리 앤, 네덜란드의 풍차 소녀, 핀란드의 순록 등 각 나라의 특징을 담은 인형들을 데려오기 시작했다. 제각기 개성이 있는데 모두 코믹한 표정을 하고 있다는 공통점이 있다. 문득 어느 새벽 화장실을 가다가 책장을 보면 모여있는 인형들이 무언가 작당모의를 하는 듯한 느낌이 들기도 한다. 이를테면 '좁아터진 여하연 집 탈출 모의'랄까.

여행지에서 마그네틱과 위스키 잔만큼 많이 사 오는 것이 식기류다. 핀란드에 갔을 때는 '내가 여기에 그릇 사러 온 건가'싶은 생각이 들 정도로 자유 시간에 아라비아핀란드 팩토리와 마리메꼬 매장에서 많은 시간을 보냈다. 마음 같아서는 매장의 그릇을 다 쓸어오고 싶었지만 정말 고심해서 10개만 담았다. 무거운 그릇들이 든 짐가방을 끌다가 헬싱키 시내에서 주저앉아 울 뻔했지만(헬싱키 시내에서 가방을 버스에 올리지 못해서 울 뻔한 걸 머리 하얀 할머니가 도와주셔서 겨우 버스에 올라탔다) 핀란드 그릇은 지금까지 하나도 깨 먹지 않고 잘 쓰고 있다. 유럽 소도시의 벼룩시장이나 빈티지숍에서 득템한 그릇들은 홈파티 테이블에서 빛을 발한다. 동남아에서 사 온 테이블 매트를 식탁 위에 깔고 라탄으로 된 과일 바구니에 담긴 여름 과일과 카야 토스트, 거기에 TWG 티를 곁들이면 동남아 리조트에서 느긋하게 먹던 아침 식사 부럽지 않다.

여행지에 가면 항상 동네의 크고 작은 마트에 들른다. 식재료의 천국인 방콕의 마트에서는 팟타이, 똠양쿵, 그린커리, 레드커리 등의 소스를 원 없이 카트에 담았다. 프랑스의 마트에 가면 치즈나 올리브, 꿀과 잼 등을 사 오고, 미국의 홀푸드 마트에 가면 커피나 비누 등 홀푸드 마트의 각종 PB 상품을 사 오곤 한다. 소스와 HMR의 천국, 일본의 마트나 전통 시장에 가면 각종 소스와 간장, 절임 반찬 등을 사 온다.

또 하나 여행지를 갈 때마다 빠지지 않고 사 오는 건 소금이다. 나의 부엌 씽크대에는 멕시코의 카리브해에서 채취한 소금, 하와이아일랜드의 화산 소금, 잘츠부르크(아는가, 잘츠부르크 Salzburg란 '소금의 성'이란 의미다)의 소금광산에서 채취한 소금, 히말라야의 핑크 소금 등 각 나라에서 온 소금통들이 나란히 서 있다.

의외로 옷과 가방, 특히 명품 쇼핑을 잘 하지 않는데 모자와 에코백은 예외다. 유럽이나 미국에는(한국과 달리) 한눈에 봐도 뭔가 포스가 있어 보이는 모자만 파는 숍들이 제법 있다. 길을 가다 마음에 드는 모자 가게가 있으면 쑤욱 들어가 몇 개 써 본 후에 그 도시와 가장 잘 어울릴 법한 모자를 사 온다. 간혹 바닷가나 혹은 케이블카 매표소 옆에 있는 기념품 숍이나 리조트에 딸린 숍 같은 데서 충동구매를 하기도 한다. 내 두상에 잘 어울리거나, 여행의 흥을 돋우어 줄 디자인의 모자면 족하다.

도시의 이니셜 혹은 서점의 이니셜이 새겨진 에코백과 티셔츠 또한 빠뜨리면 섭섭하다. 이렇게 많은 물건들을 대체 어떻게 집에 수납하냐고? 작은 아파트에 구겨 넣고 사는 비결 같은 게 있냐고 묻는다면?

짐작하겠지만 비결 같은 건 없다. 구석구석 빽빽이 우왕좌왕 그릇장, 옷장, 옷걸이, 책장, 냉장고에서 자리를 잡고 살아갈 뿐이다.

나에게 여행지에서 사 온 물건들은 여행의 기억을 불러오는 일종의 버튼 같은 것이다. 세계에서 온 물건들이 가득 찬 집에 있으면 언제든 방구석 여행이 가능하다. 도시 이니셜이 써진 모빌이 바람에 흔들거리고, 세계 도시의 풍경이 그려진 빈티지 달력의 새 장이 넘어가고, 각 나라에서 사 온 귀여운 인형들이 나란히 서 있는 것을 보면 그곳에서의 기억이 떠올라 웃음이 나온다. "이 음악은 시애틀에서 듣던 음악이었지, 이 그림은 리스본 도둑시장(Feira da Ladra)에서 왔어."

그렇게 집 안에 있는 물건들을 보며 그 도시의 추억을 환기하는 것만으로 내 여행의 전리품은 제 역할을 다한 것이다. 그러니까 여행이 계속되는 한, 나의 좀스러운 기념품 쇼핑도 계속될 것이다. 여행에서 남는 건 기념품 뿐은 아닐지라도.

고양이와 함께 여행하는 법

언젠가 더 나이 들기 전에 낯선 타국의 도시에서 1년 간 살아보고 싶은 바람이 있었다. 어떨 땐 '어떤 도시가 좋을까?' 생각해 보는 것만으로도 신이 난다. 포르투? 바로셀로나? 시칠리아? 생트로페? 유럽이면 좋겠고 바다가 있으면 좋겠다고 생각했다. 그러다가 몇 년 전 외국잡지에서 몰타 기사를 보고 '아 여기다!' 싶었다. 그 후로 고양이 알렉스를 데리고 몰타에 가서 1년 정도 살다오는 것이 내 꿈이 되었다.

"회사를 관두면 알렉스랑 몰타에 갈 거야." 친구들은 나에게 이렇게 말했다. "그런데 왜 하필이면 몰타야?",

"몰타는 유럽에서 영국 빼고 유일하게 영어를 국어로 쓰는 나라야. 그리고 시칠리아랑 가까우니까 언제든 이탈리아로 여행을 다녀올 수 있고, 무엇보다 그곳엔 바다가 있거든." 바다가 있는 유럽의 영어를 쓰는 도시에서 1년간 살면서 영어 공부도 하고 핫바디 유럽 남자 친구도 사귀고. 어쩌고저쩌고 내 계획을 이야기하면 몰타를 가본 친구도 가 보지 않은 친구도 이렇게 물었다. "그런데 왜 쿠로는 안 데려가고 알렉스만 데려가?" 내 표정은 갑자기 어두워진다.

알렉스를 데려가겠다고 생각한 건 알렉스와 함께 할 수 있는 시간이 그리 많이 남아있지 않다고 생각했기 때문이었다. 당시 10살이 넘은 알렉스(현재 알렉스는 14살이다)와 떨어져 사는 것을 난 상상조차 할 수 없었다. 앞으로 몇 년을 더 살 지 모르는데 그중 1년이란 시간을 떨어져 사는 것은 서로에게 너무 가혹한 시간이 될 거 같았다(글쎄 알렉스의 생각은 물어보지 않아서 확실히 모르겠지만). 게다가 알렉스는 여느 고양이와 달리 외출하는 것을 좋아한다. 3.8킬로그램의 알렉스를 안아줄 때마다 생각보다 가뿐해서 나는 한쪽 팔엔 알렉스를 안고 한쪽 팔로 트렁크를 끌고 유럽에서 기차여행도 할 수 있을 거라고 생각했다. 비행기에서 나는 영화를 보고 알렉스는 편하게 아기 바구니에 들어가(현실적으로는 기내 규정상 캐리어에 들어가 있어야 한다) 열심히 그루밍을 하고 있는 모습이 그려졌다. 제주도는 가까우니까 한 달 정도 살게 되면 알렉스와 바닷가를 산책해야지 하고 생각했다.

하지만 나에겐 알렉스 말고 한 마리의 고양이가 더 있다. 7살 된 쿠로다. 알렉스와 정반대의 성격. 6.8킬로그램의 턱시도 고양이. 외출을 좋아하고 사람들도 좋아하는 알렉스와 달리 병원에 데려가려고 가방만 꺼내도 무서워하고, 힘은 또 얼마나 센지 가방 안에 죽어도 안 들어가서 가방에 넣으려면 장정 한 명과 함께 붙들어야 겨우 넣을 수 있는 고양이. 낯선 장소에 가면 목이 쉬도록 울어대고, 집이 아닌 곳에서 낯선 사람들을 만나면 하악대는 아이다. 이사하느라 남의 집에 맡겨도 밤새 목이 찢어져라 울어대는 쿠로를 데리고 여행을 가는 건 감히 꿈도 못 꾸었다.

"그래도 너무해. 쿠로도 똑같은 네 자식인데(나는 고양이들의 엄마라고 생각한다) 알렉스만 데려가면 쿠로는

어떡해?" 몰타로 떠날 계획을 얘기하자 친구는 쿠로는
어떻게 할 거냐며 화를 냈다. 쿠로는 아직 나이가 알렉
스보단 어리니까 1년 정도는 나랑 떨어져 있어도 되지
않을까 하고 생각했던 나는 쿠로의 천진난만한 얼굴을
보자 쿠로에게 미안해졌다. 안 그래도 낯을 많이 가리는
아이인데 1년간 남의 집에 가서 잘 살까? 버림받았다고
생각하지 않을까? 친해지는데 시간이 많이 걸리는 아이
인데 구박 받지는 않을까.

이런저런 생각에 결국 나는 두 마리 다 몰타에 데려
가기로 결심했다. 그런데 나 혼자 두 아이를 다 데려갈
수 있을까? 짐도 많을텐데. 회사도 관두지 않고, 몰타행
비행기표를 예약하지도 않은 주제에 내 머릿속엔 오로
지 고양이와 어떻게 하면 몰타로 갈 수 있는가라는 생각
만으로 꽉 차 있었다.

열 몇 시간 비행기를 타고 게다가 경유까지 해야 하
는데, 과연 이게 가능한 일일까? 함께 갈 수 있는 누군
가가 필요했다. 내 마일리지로 동행자의 비행기 표를
사 준다면 가능하지 않을까? "내가 쿠로를 맡을게. 걱정
마!", "알렉스는 순하니까 선배가 쿠로를 안고 가면 내가

알렉스를 데리고 갈게." 계획을 얘기하자 친구들이 자신이 함께 가겠다고 먼저 손을 들었다.

고양이를 기내 반입하려면 항공사마다 규정이 까다롭다. 국내 항공기는 대부분이 케이지를 포함 무게가 4킬로그램 미만. 알렉스도 겨우 탈 수 있을까 말까. 쿠로는 꿈도 못 꾼다. 쿠로같은 성격의 고양이는 화물칸에 태우면 아마 스트레스 받아서 죽을지도 모른다. 외국 국적기 항공기는 8킬로그램까지 기내 운반이 가능한 데도 있다고 하지만 몰타까지 가려면 그것도 쉽지 않을 것이다. "아예 그러면 쿠로랑 알렉스를 함께 있도록 큰 케이지에 같이 넣어서 화물칸에 넣어요. 둘이 함께 있으면 덜 무서울 테니까." 한 후배는 이런 아이디어를 냈지만, 화물칸에 갇힐 고양이들을 생각하면 어쨌든 이 여행이 과연 누구를 위한 여행인가. 다시 원점으로 돌아간다.

'고양이가 여행을 좋아하는가?' 고양이와 10년 넘는 시간을 살아온 나로서도 알 수 없다. '고양이는 여행을 좋아하지 않는가?'라고 물으면 더 쉽게 '그럴 가능성이 높다'라고 말할 수 있을 것이다. 고양이는 개와 달라서 일반적으로 산책하는 것을 좋아하지 않고, 자신이 사는 장소가 바뀌는 것에 대해 더 심한 스트레스를 받으니까.

하지만 고양이가 산책하는 것을 좋아하지 않는다고 해서 여행을 좋아하지 않는다고 확신할 순 없을 것이다. 먼 옛날에는 고양이가 날씨를 예측할 수 있다는 속설 때문에 수백 년 동안 선원들과 함께 바다를 여행했다. 심지어 고양이가 없으면 항해를 하지 않을 정도였다고 한다. 영국 고양이 블래키는 제2차 세계대전 시 영국 해군 전함 프린스 오브 웨일스호에 함재묘로 참전하고 영국의 수상 처칠을 수행하며 유명해졌다.

영국의 항해사 매슈 플린더스는 호주를 발견했다. 그의 항해에 함께 한 고양이가 있는데 '트림'이라고 불리던 고양이다. 트림은 플린더스가 희망봉에서 보타니 베이까지 항해하던 1799년에 태어났다. 당시 항해사들은 배 안의 쥐를 잡기 위해 고양이를 여러 마리 길렀다고 한다. 트림은 한 번 배에서 바다로 떨어진 적이 있는데 스스로 헤엄쳐 다시 배로 올라왔다. 그때부터 플린더스는 트림에게 관심을 보이기 시작했다. 플린더스는 트림에 대해 '검은 털과 흰 발, 그리고 가슴팍에 흰 별을 가진 최고의 동물이었다'라고 묘사했다. 트림은 플린더스와 함께 호주 및 여러 남반구 지역을 탐험했다. 그레이트 배리어 리프에서 난파를 당했을 때도 트림은 작은 섬까지 안전하게 헤엄쳤다고 한다. 플린더스가 6년 동안 가택 연금 상태에 처했을 때도 트림은 함께 했다. 트림은 지구에서 가장 용감한 탐험가 고양이로 기록되었다.

가끔 외출하는 것을 좋아하는 알렉스와 아파트 단지로 산책을 한다. 알렉스의 작은 탐험이다. 목줄을 한 고양이와 산책을 하면 길 가던 사람들은 신기해서 알렉스를 쳐다 본다. 동네 꼬마는 의심치 않고 이렇게 말했다. "앗, 고양이를 닮은 강아지네요." 그러면 나는 정정해 준다. "알렉스는 강아지가 아닌 고양이란다."

철모르던 시절(고양이를 무서워하거나 싫어하는 사람들에 대한 배려가 부족했던 시절이었다)엔 알렉스를 케이지가 아닌 에코백에 넣어서 지하철도 타고, 동물원도 공원도 갔다. 신이 난 알렉스는 에코백에서 얼굴을 빼꼼히 내밀고 360도로 고개를 돌려가며 세상 구경을 했다. 그런 알렉스와 난 세상 어디든 다닐 수 있다고 생각했다. '내 짐가방이 아무리 무거워도 알렉스는 들 수 있어.'라고 확신했다. 기차도 타고 배도 타고 골목길도 걸을 수 있지. 유럽과 일본 어느 이층집의 창가에서 하염없이 창밖 구경을 하는 알렉스의 모습이 기시감처럼 떠올랐었다.

그래서 난 몰타를 갔냐고? 결론은 가지 못했다. 이제 알렉스는 14살. 회사를 관두고 여행경비로 쓸 만큼의 퇴직금은 생겼지만 언제 갑자기 아프게 될지도 모를 14살 노묘를 데리고 유럽여행을 가는 건 쉽지 않은 일이 됐다. 물론 3.8킬로그램 정도는 사랑의 힘으로 언제든 번쩍 안아줄 수 있지만 알렉스를 안고 유럽을 돌 기력은 나에게 남아 있지 않다. 게다가 쿠로와도 잠시라도 헤어지고 싶지 않다. 우리에게 여행은 이제 물 건너간(?) 일이 된 것이다. 더불어 언젠가 서울을 떠나 낯선 타국의 도시에서 1년간 살아 보겠단 나의 꿈도 자연스럽게 포기하게 됐다.

그래도 매일 아침 알렉스를 안아주며 난 이렇게 말

한다. "내가 아무리 기운이 없어도 너를 안고 여행은 할 수 있어." 나는 왜 이런 지키지도 못할 약속을 매일 하는 걸까? 내가 사랑하는 알렉스를 가뿐히 안을 정도의 힘 정도는 갖고 있다는 것을 알려주고 싶은 걸까? 집사를 닮아 탐험하는 것을 좋아하는 알렉스를 달래기 위해서 일까? 알렉스는 오늘 몰타가 아닌 아파트 단지를 돌며 짧은 여행을 하고 돌아왔다. 노묘 알렉스와 비행기를 타진 못하겠지만 바다는 보고 와야겠다고 생각했다.

47세 운전면허 도전기

"운전면허가 없다고? 아 지금까지(면허도 안 따고) 뭐 했어?"

운전면허가 없었다. 대한민국 국민의 상당수가 갖고 있는 운전면허가 없다는 사실에 사람들은 입을 모아 말했다. "운전은 못 해도 면허증은 갖고 있어야지." 그러면 나는 말했다. "정말 필요하다고 생각되는 때에 딸 거야." 정말로 그렇게 생각했다. 회사가 대중교통이나 택시를 이용하면 50분 이내에 갈 수 있는 거리에 있고, 회사 건물에 주차를 하려면 25만 원의 주차비를 내야 했고, 평균 주 3회 친구들과 술 약속이 있는 나는 딱히 차의 필요성을 느끼지 못했다. 이런 생각을 고수하고 있던 내가 면허를 따야겠다고 생각한 건 직접 운전하면 코스트코나 이케아 말고 세상에 갈 수 있는 곳들이 훨씬 많아진다는 사실을 알게 되면서다. 세상의 멋진 곳들을 운전을 못해서 반밖에 보지 못한다면 너무 억울한 일이 아닐까. 미국의 루트66, 아이슬란드, 이탈리아, 캘리포니아의 해안도로를 달릴 내 모습을 상상하니 가슴이 뛰었다.

막상 회사를 다니면서 면허 학원 다니는 게 쉽진 않았다. 그런데 회사를 관두고 시간이 많아졌다. 21년 동안 직장생활을 하다가 처음으로 백수가 되었는데, 지금 운전면허라도 따놓지 않으면 나 자신이 너무 한심할 것 같았다. 또 차일피일 미루다가는 정말로 영영 따지 못할 수도 있겠구나 싶었다.

집에서 가장 가까운 운전면허 학원을 찾아봤다. 서울 시내에는 별로 없어서 결국 먼 파주에 있는 학원까지 갔다. 등록 전 교육 절차와 비용에 대해 설명을 듣는 자리였다. 학원 직원이 설명을 다 하더니 나에게 "사모님은 이제 집에 가셔도 됩니다."하는 게 아닌가. "저요? 저

등록하러 왔는데요." 알고 보니 옆에서 설명을 듣던 학생의 엄마인 줄 알았던 것. 40대가 되면서 사모님, 어머님, 아줌마, 별 호칭을 다 들어 봤지만, 대학생의 어머니 취급을 받은 건 처음이었다. 내가 얼굴을 붉히자 직원은 그제서야 수습을 했다. "아, 면허 따시려고 오셨구나. 늦으셨네요."

필기시험 공부부터 시작했다. "운전면허 필기는 누워서 떡 먹기예요. 책 한 번 대충 훑어보고 가서 보면 다 합격해요." 만인이 그렇게 말하기에 정말로 우습게 생각했다.

'다음 중 사용하는 사람의 신청에 의하여 지방경찰청장이 지정할 수 있는 긴급자동차로 맞는 것은?' '①혈액 공급 차량 ②경찰용 자동차 중 범죄 수사, 교통 단속, 그 밖의 긴급한 경찰 업무 수행에 사용되는 자동차 ③전파 감시 업무에 사용되는 자동차 ④수사기관의 자동차 중 범죄 수사를 위하여 사용되는 자동차.'

'아, 이걸 내가 어떻게 알아?'(답은 ③번입니다.) 초등학생도 붙을 정도로 쉽겠지 하고 책을 폈는데 음, 생각했던 것처럼 쉽지만은 않았다. 공부 전혀 안 하고 찍었다가는 자칫하면 떨어질 수도 있겠다 싶었다. 드디어 필기시험 날, 문제집을 한 번 봤는데도 왜 문제만 기억나고 답은 기억나지 않는지 대충 찍으면서 솔직히 진심으로 떨어질까 봐 진땀이 났다. 문제집 풀고도 떨어졌다는 사람 별로 본 적이 없는데……. 그다지 높지 않은 점수로 겨우 붙고 나서 안도의 한숨을 쉬었다.

본격적인 기능 연습이 시작됐다. 운전해서 한강을 건너는 꿈을 숱하게 꿨지만 그건 그냥 개꿈이었다. 꿈속에서 그렇게 운전을 많이 해 봤지만 현실의 나는 시동거는 법도 모르는 무면허자였다. 자동차 시동을 처음 걸어보고 핸들도 처음 잡아 봤다. "핸들 뽑히겠네. 자, 힘을 빼고 편하게 잡아 보세요." 핸들을 잡은 내 손에는 소 한 마리라도 잡을 듯 온갖 힘이 다 들어가 있었다. T자 주차는 강사의 설명을 몇 번이나 들어도, 핸들을 얼마만큼 꺾어야 하는지 도대체 감이 안 왔다. 강사는 말했다. "그런데 왜 이제 시험을 보세요. 20대 때 따지 않으시고요." 아니 40대에 면허 시험을 보는 게 이렇게 특이할 만한 일인가. 대답이 궁금하진 않겠지만 답했다. "그냥 그동 안 사는 게 너무 바빠서 딸 시간이 없었어요."

기능 첫 연습 시간, 강사는 "처음부터 잘하는 사람이 누가 있겠어요."하고 힘을 북돋아 줬다. 그런데 두 번째 수업은 달랐다. 강사가 혀를 내둘렀다. "어째 오늘 꼭 처 음 운전대 잡은 사람 같네요.", "이렇게 막 핸들을 꺾으면 안 돼요." '개구박'의 연속이었다. 시험 보기 직전, 옆에 앉은 강사가 자기는 아무 말도 안 할 테니 도움 없이 한 번 해 보라고 했다. 차분히 마음을 가라앉히고 배운 그 대로 해 봤다. "아무래도 조금 더 연습하고 시험 보는 게 좋을 거 같네요."

어릴 적 자전거를 배우던 때가 생각났다. 아빠가 아 무리 여러 번 방법을 가르쳐 주어도 균형을 잡는 것은 내 맘대로 되지 않았다. 아빠 없이 혼자 자전거를 끌고 나갔다가 여러 차례 넘어졌다. 무릎도 깨졌다. 정말 이 제는 도통 자전거를 탈 수 없을 것만 같은 마음이 들어 포기하려던 때가 되어서야 자전거가 쓰러지지 않았다.

앞으로 쭈욱 쭈욱 두 발 자전거가 나아갔다. 뒤에서 누군가가 잡아주지 않아도 혼자만의 힘으로 자전거를 타게 된 것이다. 그 기분은 마치 하늘을 나는 것 같았다.

강사의 우려와 달리, 나는 기능 시험에 단 한 번에 합격했다. 비결은 간단했다. 그냥 매뉴얼을 외우는 것. 구박하던 강사가 옆에 없으니 왠지 운전이 더 잘되는 것만 같았다. 언덕에선 한 번 서고, 핸들을 몇 도로 돌리고, 어디서는 액셀을 밟고 등등 매뉴얼 대로 하니 90점이 나왔다.

기능 시험에 합격한 후 도로로 나갔다. 도로는 면허 연습장과 사정이 달랐다. 첫날은 정말 너무 떨려서 죽을 것만 같았다. 차가 쌩쌩 다니는 도로에서 내가 운전을 하다니. 브레이크가 아닌 액셀을 밟게 되다니. 첫 도로 주행 연습 날은 핸들을 잘못 꺾어 옆에 가드레일을 박을 뻔했다. 도로 주행 시험은 6시간 도로 주행 연습을 한 후에 보는데 연습 5시간 째까지도 운전 감이 전혀 오지 않았다.

"이렇게 차선 변경 못하시면 안 돼요.", "이렇게 길을 못 외우시면 시험에서 떨어집니다." 그동안의 내 사회적 지위와 나름대로 유지한 동안과 기타 등등은 운전을 하는 데에는 아무 소용이 없었다. 나는 그냥 도로 위의 무면허 연습생, 운전 못 하는 40대 여성일 뿐이었다. '아니 우리 집 가는 길도 겨우 외우는데 내가 생전 처음 온 동네 길을 어떻게 며칠 만에 외우냐고.' 마음속에서는 반항심이 생기기도 했지만 조용히 물었다. "길이 잘 안 외워지더라고요. 그런데 도로주행 시험에 첫 번에 붙는 사람이 많은가요?", "아무래도 20대는 첫 번에 많이 붙어요. 여하연 씨는 첫 번에 붙긴 쉽지 않겠는데요. 나이가 들면 아무래도 힘들겠죠."

아! 또 나이 얘긴가. 드디어 시험의 순간, '에라 모르겠다. 그냥 침착하게 보자. 떨어지기밖에 더하겠냐'는 마음으로 차에 올라탔다. A, B, C, D 코스 중 랜덤으로 코스가 정해지는데 A코스가 가장 쉽고 C, D가 어려운 편이다. 제발 A 코스가 나오길 기도했지만 C코스가 나왔다. "아 C 코스 너무 어려운데."라고 말했더니 검정시험관이 말했다. "C 코스 어렵지 않아요. 직진, 우회전, 유턴, 좌회전하시면 됩니다. 차분하게 운전하시면 돼요."

마음이 조금 안정됐다. 검정 시험관은 시험 보는 도로로 가는 중간에 물었다. "학력고사 끝난 겨울 방학에 뭐 하셨어요?", "아 너무 오래전이라, 기억이 안 나는데. 음 놀았겠죠. 왜요?", "그때 따셨으면 좋았을 텐데." 아 또, 나이 얘기인가. 아마 고3 겨울 방학에는 노느라 운전 면허 같은 건 딸 생각도 안 했던 거 같다.

　도로 주행 시험은 생각처럼 떨리지 않았다. 알고 보면 나 시험 체질인가? 외우려고만 했던 길도 직진, 우회전, 유턴, 좌회전을 기억하니 운전하는데 훨씬 마음이 편했다. "여하연 씨 합격입니다."

　서핑을 처음 했던 날이 생각났다. 하와이 와이키키에서 서핑을 처음 배웠다. 와이키키는 초심자가 서핑을 배우기 좋은 파도라서 많은 이들이 와이키키에서 서핑을 배운다. 대부분 첫날, '테이크 오프(파도가 왔을 때 서는 동작)'를 한다. 물론 아무리 쉽다고 해도 한 시간 내에 테이크 오프하는 것은 쉽지 않다. 멀리서 외국인 선생님이 "UP!"이라고 수십 번 외쳐도 보드 위에 서는 건 내 마음대로 되지 않았다. 몇 차례 물속에 곤두박질치니 물에 빠지는 건 두렵지 않았다. '에라 모르겠다. 또 물에 빠지기밖에 더 하겠는가' 이렇게 생각하고 두 다리에 힘을 주고 일어섰는데, 내가 보드 위에서 파도를 타고 있는 거다. 그 후부터다. 어떻게 서게 된 건지 알 수 없지만 연습 시간이 끝날 때까지 계속 난 파도를 탔다. 선생님은 말했다. "연. 정말 멋졌어. 넌 좋은 서퍼가 될 수 있어."

도로 시험을 보면서 생각했다. 수행해야 하는 미션은 내 앞에 밀려드는 파도다. 때를 기다렸다가 올라서면 된다.

"늦으셨네요. 지금까지 면허 안 따고 뭐 하셨어요?"라는 말을 자동 반사적으로 했던 선생님들에게 시험에 합격하고 나서 말했다. "저 붙었습니다.", "정말 축하해요. 잘됐네요. 내 학생들이 역시 잘한다니까." 그 칭찬을 조금 일찍 해 줬으면 좋았겠지만, 40대라고 운전면허 한 번에 붙지 못한다는 법이 있나.

면허증을 받고, 몇 번 더 도로 주행 연습을 했다. 처음 도로 주행을 나가는 날은 면허가 있다고 해도 무면허나 마찬가지인 운전 실력이라 학원 다닐 때보다 훨씬 긴장됐다. 경기도도 아닌 서울에서 내가 운전을 한다니. 믿어지지 않았다. 빵빵대는 클랙슨 소리에 자동 반사적으로 '어머나'가 튀어나왔다. 그래도 발전해서 둘째 날은 자유로를, 셋째 날은 남한산성의 커브 길까지 돌았다. 영화 〈인셉션〉에 나온 언덕길처럼 경사가 심해서 일명 '인셉션길'이라고 불리는 성남의 태평동까지 다녀왔다. 물론 옆에 선생님이 앉아 있었으니 가능한 일이었다.

자전거든, 수영이든, 서핑이든, 운동이든, 악기든, 언어든, 무엇이든 처음부터 잘하는 사람은 없다. 너무 빨리 잘하고 싶어도 일정한 학습과 훈련을 거쳐야 어느 정도의 단계에 다다른다.

인내심이 별로 많지 않은 나는 중도에 많은 것들을 포기했다. 수많은 영어 학원을 다녔지만 중도에 포기해서 영어는 지금도 버벅대고 수영은 두 달을 배웠지만 물에 뜨지 못한다. 무엇이든 속도는 중요하지 않다. 반드시 성공하겠다는 의지가 너무 강한 것이 때로 도움이 안 될 때도 있다. '물에 빠져도 괜찮아. 넘어져도 괜찮아. 떨어져도 괜찮아.'라는 마음이 중요하다.

"어떤 40대 여자분은 처음에 핸들 뽑아 먹는 줄 알았는데, 시험에 한 번에 붙은 경우도 있어요." 다니던 학원에서 40대 합격의 좋은 사례로 내 뒤를 이어 면허 시험에 도전할 40대, 50대에게 희망이 되어주면 좋겠다(무슨 대단한 고시 시험 합격기 같지만 어쨌든 내겐 고시 못지않게 어려운 도전이었으니까).

한 마디 더. 늦었다고 생각하는 때는 없다. 인생의 겨우 반을 살았을 뿐인데. 그렇게 나이 47세에 난 운전면허증을 갖게 됐다.

4부
하루와 인생을
여행하는 법에 대하여

여행 운이 좋은 여자

"당신은 평생 세상을 떠돌아다닐 운명이에요."

2002년 터키에 처음 갔을 때다. 이스탄불의 노천 카페에서 커피점을 봤다. 커피점은 커피를 다 마신 후 컵받침에 잔을 거꾸로 세운 뒤 잔을 떼어낸 후 커피잔에 남아있는 침전물의 모양으로 점을 보는 것이다. 터키나 그리스에서 많이 본다.

내 잔에 남아있는 커피 찌꺼기의 모양이 얼핏 낙타 같았다. '세상을 떠돈다고요? 역마살이 있다는 건가?' 당시엔 여행잡지가 아닌 패션잡지에서 일을 하고 있었기 때문에 점쟁이의 말에 반신반의했다. 그런데 10년 후

나는 여행잡지를 만들게 됐고, 여행잡지에서 편집장으로 오라는 콜을 받았을 때 문득 터키에서 본 그 커피점이 생각났다. 많은 점쟁이들을 만났고 역마살이 있다는 말도 간혹 들었지만 이후 비행기를 탈 때마다 커피잔 바닥에 남아있는 그 낙타가 생각나곤 했다. 먹다 남긴 커피 가루가 만든 낙타가 나를 세상으로 데려다주었구나. 고마워.

맹신하지는 않지만 가끔 사주나 타로, 점을 본다. 주로 일이 잘 안 풀릴 때나 선택의 기로에 섰을 때 일 년에 한두 번 정도 본다. 문제는 결과를 듣고서 금방 잊어버린다는 것. 신기하게도 난 안 좋은 이야기는 잊고 좋은 이야기만 기억하는 건강한, 아니 아주 편리한 습관을 갖고 있다. 남들은 그럴 걸 왜 돈 아깝게 점을 보냐고 하지만 솔직히 말하면 그 돈은 좋은 소리만 기억하기 위해 지불한 대가라고 자기 합리화를 하곤 한다.

어쩌면 좋지 않은 이야기를 실제로 잊어버리는 것보다는 좋지 않은 이야기도 나 혼자 좋게 해석하려는 이상한 고집 같은 게 작용하는지도 모르겠다. "돈이 모이지 않는 사주예요.. 하지만 돈이 떨어지지도 않아요."라고 점쟁이가 말하면 근근히 사는 팔자임을 말한 건대도 나는 "그래도 돈이 마르지 않으니 얼마나 좋아."라고 생각한다. "연애 운은 없지만 남편 복은 있어요."라고 하면 아직까지 나타나지 않아서 그렇지 남자 운이 없는 것은 아니라고 생각했다. 이성주의자나 혹은 과학적 사고를 하는 현실주의자는 정말 이해하지 못하겠지만 사실 이런 (운이 나쁘지 않다고 생각하는) 습관은 사는 데 종종 도움이 된다.

여행 가서도 그렇다. 2018년 배우 이상윤 씨와 캐나다 밴쿠버 아일랜드로 출장을 갔다. 시애틀에서 비행기를 환승해야 하는데 환승 시간이 40분밖에 되지 않았다. 다음 비행기를 예약하려니 대기 시간이 너무 길어서 모험을 하기로 했다. 비행기에서 내리자마자 어떻게 신속하게 움직일지 환승 게이트, 경로 등을 미리 체크 해놨다. 다행히 예정 시간보다 40분 빨리 도착했다. 그런데 이게 웬일인가. 입국심사대 앞에 도착했는데 입국심사 줄이 무지막지하게 길었다. 그동안 미국을 몇 번이나 가 봤지만 이렇게 긴 줄은 처음이었다. 줄은 두 개였다.

미국에 처음 입국한 사람이 서는 줄과 두 번째 이상 방문한 사람의 줄. 당연히 전자가 훨씬 길었다. 매니저 한 명만 미국에 처음 입국했는데, 혼자 그 줄에 세우고 가는 마음이 영 편치 않았다. 매니저는 말했다. "비행기 놓치면 저는 다음 비행기 타고 갈게요. 먼저들 가세요." 매니저도 심사를 통과했다. 겨우 비행기 출발 시간 전에 게이트에 갈 수 있을 것 같았지만 안내 방송이 나왔다. "빅토리아행 비행기는 출발했습니다." 다음 비행기는 7시간 후. 스텝 8명이 공항에서 뭘 해야 하나 난감했다. 배우가 힘들어하지 않을까 걱정도 됐다. 배우가 말했다. "비행기 놓쳤으니 맥주나 마시죠." 속 좋은 사람들은 비행기를 놓치고 좋다고 맥주를 마시기 시작했다. 치어스! 비행기를 놓치고 마시는 맥주라 더 맛있다며! 집을 떠난 지 며칠은 된 거 같은 피곤이 몰려오는데도 덕분에 스텝들과는 첫날부터 정이 들어 버렸다. 이미 지나가 버린 불운에 대해 한탄해 봤자 무슨 소용이 있겠는가.

정말 합이 잘 맞고 오래가는 사이는 좋을 때 같이 즐거워하는 것보다 위기 상황이나 좋지 않은 일이 생겼을 때 그 상황을 잘 극복하거나 가벼운 일은 함께 웃어 넘길 수 있는 사이라고 생각한다.

캐나다를 다녀온 이틀 후 일본 시코쿠 마쓰야마로 3박 4일 출장이 잡혀 있었다. 떠나기 전날까지 화창했던 날씨가 내가 도착한 날부터 일주일간 쭈욱 100% 계속 비. 심지어 유례없는 폭우로 홍수 경보, 피난령 문자까지 오기 시작했다. 첫날 오후에는 그래도 간간히 비가 그쳐 촬영을 할 수 있었다. 폭우가 내린 이튿날은 다행히 대부분 실내 촬영이었다. 촬영을 마치고 생각했다. '비가 오니까 뜨근한 물에서 온천하기엔 좋겠네.'

3일째 되는 날은 마쓰야마에서 1시간 정도 걸리는 작은 마을을 가야 했다. 역시 또 비가 무섭게 내렸다. 가기로 했던 한 곳은 길이 끊겨 일정을 취소하고, 다른 곳은 고속도로가 아닌 국도로 우회했다. 국도 옆의 강이 아슬아슬 범람 직전까지 소용돌이 치는 것을 보자 무서워졌다. 오전 10시 즈음 목적지에 도착했는데 갑자기 빗발이 가늘어지더니 멈췄다. 정확히 말하면 잠시 소강상태에 들어간 건데, 신기하게도 딱 촬영할 정도의 시간만 비가 멈추었다. 오락가락하는 비 사이를 뚫으며 그럭저럭 촬영을 하고 나니 '왜 내가 오니 비가 오는 거야. 운도 지지리도 없군'이라고 했던 생각이 '죽으란 법은 없구나'로 바뀌었다.

마지막 날은 예보와 달리 심지어 오전 10시부터 서서히 날이 개기 시작했다. 비 때문에 운행이 멈춘 마쓰야마 성으로 올라가는 리프트도 운행을 시작했다. 그네 같은 리프트에 앉아서 흔들흔들거리며 성을 향해 올라갔다. 머리 위로 산들바람이 불어왔다. 마쓰야마 성 정상에 가자 마을 위로 무지개가 떴다. 여행 중 무지개를 만나면 행운이 따라온다던데.

공항으로 출발하기 전까지 마음이 급해졌다. 맑은 마쓰야마를 사진에 담기 위해 포토그래퍼와 나는 발걸음이 빨라졌다. 수줍게 해가 얼굴을 내민 몇 시간은 여행 끝물에 만난 첫사랑과의 시간처럼 순식간에 지나가버렸다. 포토그래퍼가 이렇게 말했다. "사진만 보면 홍수가 났는지 전혀 모르겠어요." 비가 미친 듯 내렸던 여행이었지만 비행기를 타면서 나는 이렇게 결론을 내렸다. "나는 운이 좋은 여자야. 특히 날씨 운!"

결국 모든 것은 생각하기에 달렸다. 여행 운도 인생

의 사소한 행운도. 누가 봐도 명백히 안 좋은 날씨지만 그 덕분에 잠시 나온 해의 고마움을 알게 됐으니까. 하지만 내가 서울로 온 후, 마쓰야마는 '비 비 비'에서 '해 해 해'로 바뀌었다. 서울의 날씨는 '해 해 해'에서 '비 비 비'로 바뀌었는데 그래도 내가 운이 나쁘지 않다고 생각하는 것을 보니 어떤 점쟁이의 말대로 보기 드물게 나는 속이 좋은 아니, 없는 여자인 거 같다.

두 번째 도시,
두 번째 사랑

살다 보면 두 번째로 가게 되는 곳이 있다. 아니, 점점 많아진다. 출장이든 여행이든 많은 곳을 다니다 보면 새로운 곳과 한 번 갔던 곳 중 또 가고 싶은 곳을 찾아가거나 혹은 출장으로라도 다시 가게 될 일이 종종 생긴다. 나이가 드니 새로운 곳에 대한 호기심은 줄고 좋아하고 익숙한 느낌이 드는 곳에서 편안하게 쉬고 싶은 생각이 들 때가 많다. 여행의 목적이 휴식일 때는 더욱 그렇다.

10년 전쯤, 해외여행을 본격적으로 다니기 시작할 무렵에는 좋아하는 장소에 가면 다시 이곳에 오고 싶다는 염원을 의식처럼 치렀다. 남들 다 하는 것처럼 그 도시에 다시 오기 위해 트레비 분수를 비롯하여 이름도 알수 없는 수많은 분수와 연못에 동전을 던지거나, 조각상의 얼굴이 닳도록 쓰다듬거나, 다리를 여러 번 왔다 갔다 하며 건넜다. 나만이 아는 장소에서는 혼자 조용히 기도를 하거나 혹은 다시 함께 오고 싶은 사람과 이곳에 다시 오자고 약속의 의식을 치렀다.

30십 대 후반 늦여름, 교토에 갔을 때다. 친구와 해질 녘 청수사에 앉아 까마귀가 나는 것을 함께 바라보며 언젠가 이 자리에 다시 오자고 약속을 했다. 거리의 악사가 들려주던 구슬픈 음악과 해 질 녘 풍경은 아직도 내 기억 속에 선명하다. 몇 년 후 출장으로 교토를 또 가게 됐다. 해 질 무렵 친구와 앉았던 자리에 다른 사람과 앉았다. 두 번째 왔을 뿐인데 마치 전생에 살았던 것처럼 청수사를 올라가던 길이 낯익었다. 그 길가 아파트의 테라스에 자라나는 식물의 종류까지 기억이 났으니까.

그렇게 나는 많은 곳들을 다시 찾았다. 방콕 카오산 로드의 작은 서점을 다시 찾았고, 터키 이스탄불의 그랜드 바자르에서는 처음 갔을 때도 두 번째 갔을 때도 물건과 사랑에 빠져 쉬이 빠져나오지 못했다. 시애틀 발라드 스트리트의 빈티지 숍 트로브Trove는 갈 때마다 귀여운 사장님과 기념 사진을 찍는다. 트로브는 빈티지 웨딩드레스가 정말 예쁜데, 내게 웨딩드레스를 입을 기회가 주어진다면 웨딩드레스는 이곳에서 구입할 생각이다.

다시 찾은 미국 포틀랜드 노브힐의 모자 가게 주인은 4년 전처럼 여전히 멋진 모자를 쓰고 있었다. 하와이 빅 아일랜드의 마우나케아 정상에서는 머리 위로 가득 쏟아지는 별빛을 보며 볼일을 봤고(죄송합니다. 화장실을 못 찾아서), 이 세상의 것 같지 않은 폭신한 구름 속에서 컵라면을 먹었다. 프로방스의 레보 드 프로방스란 작은 산골 마을의 미슐랭 2스타 레스토랑에서 카리스마 넘치는 셰프를 다시 만났을 때는 다시 만난 것이 믿기지 않아 악수를 나눴다.

처음 어떤 도시를 찾으면 이국적인 풍광에 가슴이 설레기 시작한다. 동공이 커지고 심장은 콩닥콩닥 뛴다. 마치 그 도시와 첫 키스라도 하는 기분이다. 짧은 여정 동안 정신없이 돌아다니다 이별하고 오면 불장난 같은 사랑이라도 하고 온 것처럼 그 도시를 그리워하는 병에 걸린다. 짧게 만났지만 많이 좋아했던 남자의 얼굴은 실물보다 훨씬 더 멋지게 기억되는 것처럼, 짧게 머물렀지만 강렬했던 도시의 인상은 시간이 지날수록 더 멋지게 기억되기 마련이다. '또 가면 되잖아.' 하지만 말이 쉽지 나에게 허락된 휴가는 1년에 기껏해야 일주일에서 열흘 남짓일 뿐이다. 차일피일 미루다가 두 번째 그곳에 가면 처음에는 보지 못했던 도시의 속살을 마주하게 된다.

어떤 도시와의 사랑은 그곳에 두 번째 가면서부터 시작된다. 너무 익숙하지도 그렇다고 완전히 낯설지도 않은 편안한 공기. 몸에 잘 길든 옷처럼 어색하지 않다. 언어가 서툴러도, 핸드폰 배터리가 없어도 불안하지 않다. 일주일 이상 머무르면 호텔 앞 작은 카페가 우리 동네 커피숍처럼 느껴지고 동네 서점에 앉아 이해하지 못하는 책을 몇 시간씩 읽다 오곤 한다. 두 번째, 세 번째 그 도시를 찾으면 관광지가 아닌 로컬들이 많이 가는 곳이 편안하고 유명 미술관보다 작은 갤러리나 아트숍에 흥미가 생긴다. 더 오랫동안 한 도시에 머무른다면 예전에는 몰랐던 더 새로운 모습에 놀라다가 적응 단계에 들어간다. 그리스에서는 인터넷을 설치하려고 사람을 부르면 2주 만에 오는 것이, 런던에서는 해가 나는 날이면 사람들이 아무 데서나 웃통을 벗고 누워있는 것이 이해가 간다. 물론 모든 것이 좋은 것만은 아니다. 한눈에 반했던 남자라도 어느 날 갑자기 그의 새끼발가락에 있는 사마귀나 말할 때 코를 실룩거리는 게 눈에 거슬리는 것처럼, 처음에는 반갑기만 하던 이탈리아 남자들의 '뷰티풀 걸'이라는 칭송도 나중에는 귀찮게 여겨진다고 하니.

아직 가 보지 못한 곳이 훨씬 많고 가고 싶은 도시의 리스트는 자꾸 늘어나지만 진짜 여행은 두 번째 여행에서 시작된다. 첫 만남에서는 미처 알지 못했던 사람의 장점이 눈에 보이고 새록새록 정이 드는 것처럼 도시와의 사랑도 그러한 것 같다. 헤어짐도 나쁘지 않다. 처음 헤어질 때와 달리 여유롭고 담담하게 이별의 인사를 나눌 수 있으니까. 지구에 내가 사는 도시 말고 길을 외울 수 있는 동네가 하나 정도 더 생긴다는 것은 나만 아는 단골 바가 하나 더 생긴 것처럼 든든한 일이다. 오늘도

나는 두 번째 갈 곳을 찾아 지나간 여행 사진들을 뒤져
본다.

연애도 그렇지 않나요? 첫인상만큼 강렬하지 않
지만 사실 진정한 선수들은 두 번째 만남에 공을
들인다고 합니다. 더 '조근조근' 자신을 어필할 수
있고, 반전의 안타로 상대를 쓰러뜨릴 수도 있으
니까요.

도시 수집가

여러 도시를 여행하다 보면 도시에도 각각의 캐릭터가 있다는 것을 알게 된다. 내게는 도시를 사람의 캐릭터에 비유하는 취미가 있는데 예를 들자면 이렇다. 로마는 정열적인 로맨티스트, 이스탄불은 허술한 이야기꾼 삼촌, 시애틀은 지적인 깍쟁이 도시 처녀, 헬싱키는 수줍은 시골 아가씨. 도시를 의인화하면 내가 어떤 도시를 왜 좋아하는지, 어떤 도시와 잘 맞는지 알 수 있어서 좋다.

그렇다면 '나에게 맞는 도시는?' 가끔 인터넷에 떠도는 테스트 같은 게 있으면 들어가서 해 본다. 경치 좋은 자연에서 풍경을 즐기기 보다는 미술관에서 예술작품 감상하는 것을 좋아하고, 편안한 잠자리보다는 현지인들이 잘 가는 맛집을 찾아 싸돌아다니길 좋아했던 나를 도시로 표현한다면? 테스트 결과 파리가 나왔다.

30대 중반까지, 내가 가장 사랑하는 도시는 파리였다. 쌀쌀맞고 개똥이 많아서 실망했다는 사람도 있지만 (2000년대 초, 일본에서는 파리를 처음 방문한 후, 기대했던 파리의 모습과 다른 것에 상처받고 우울증을 겪는 파리 증후군이 유행했었다. 주로 파리에 대한 환상이 컸던 여성들이 많이 걸렸다고 한다) 누군가 나에게 '어떤 도시를 가장 좋아해요?'라고 물으면 망설임 없이 '파리'라고 대답했다. 그 무렵 출장으로 자주 갔는데 예술의 도시, 패션의 본고장 등등의 이유를 떠나서 자유롭고도 시크한 (샬롯 갱스부르처럼!) 파리가 좋았다. 마레 지구의 편집숍 꼴레뜨와 메르시에서 득템하고, 셰익스피어 서점에 가서 이해하지 못하는 예쁜 책을 뒤적이다가 몽마르뜨의 카페에서 잘 마시지도 못하는 에스프레소를 한 잔 시켜놓고 해가 지는 풍경을 바라보면 개똥을 밟아도 잔돈을 못 받아도(파리에서는 유독 동전 거스름돈을 받은 적이 없다) 인생이 아름답다는 생각이 들었다. 파리를 로

케이션으로 한 영화의 주인공처럼 온갖 폼을 다 잡는다. 이때 흐르는 배경음악은 에디트 피아프의 〈장밋빛 인생 (La Vie en Rose)〉.

캐릭터로 비유하면 파리는 나와 다른 동네에 사는, 쌀쌀맞은 도시 언니 같았다. 온통 블랙옷을 입었는데도 간지가 흐르는 세련된 언니. 블랙 가죽 재킷에 긴 웨이브 머리에 빨간 립스틱 하나 발랐는데 엄청 섹시한 언니 말이다. 차갑지만 자유분방하고, 멜랑꼴리하면서 선을 넘으면 엄청 사차원인 도시. 그런 파리가 익숙해질 무렵즈음 난 베를린이란 새로운 놈(?)을 만났다.

프랑스어나 독일어처럼 도시에 성이 있다면 베를린은 남성이 아닐까. 베를린은 아무런 사전 지식도 기대도 없이 간 곳이었다. 2011년 다니던 잡지사를 관두고 다른 회사로 옮기기 전 열흘의 시간이 생겼다. 3월 초였는데 서울보다는 조금 따뜻한 스페인 남부로 여행을 가려고 했다. 그러자 후배가 말했다. "스페인도 지금은 생각처럼 따뜻하지 않을 거야. 어차피 계절을 포기한다면 베를린은 어때? 완전 선배 스타일의 도시인데, 베를린과 아마 사랑에 빠질 걸.”

후배의 말을 듣고 나는 목적지를 베를린으로 바꿨다. 뭐가 내 스타일이란 거지? 베를린에 가 본 후에야 후배의 말을 이해할 수 있었다. 군더더기 없고 무뚝뚝하지만 아티스틱한 감성이 넘쳐 흐르는 도시. 어릴 때 좋아했던 파리, 런던과 달리 벽돌로 된 직선의 건물들로 가득 찬 거리는 빈티지하면서도 멋스러웠다. 장식이 없는 건물에 그냥 막 그린 듯한 그래피티에서는 예술적인 기운이 넘쳐흘렀고, 바우하우스 시대의 단정한 빈티지 가구로 채워진 카페에 갈 때마다 내 안에 숨어있는 수집욕이 일렁였다. 미술관이나 박물관들은 생각했던 것 이상으로 프로그램이 잘 되어 있었다. 기대하지 않고 가서 그랬나. 모든 것이 다 마음에 들었다. 그러고 보니 베를린은 폭스바겐, 아디다스, 푸마, 휘슬러, 내가 좋아하는 독일 브랜드의 제품들처럼 단단하고, 멋 내지 않았는데 멋스러운 남자 같았다. 3월만 해도 으슬으슬 추웠던지라 뜨거운 햇살이 내리쬐는 여름에 다시 찾겠다고 하고 아직까지 다시 찾지 못했다. 하지만 유럽과 북미의 도시 중에서도 알려지지 않은, 마음에 드는 도시에 갈 때마다 생각했다. '아, 여긴 꼭 베를린 같아.' 그러니까 다시 말해 나에겐 '베를린 같다 = 멋짐 작렬'의 의미와 같았다.

2014년, 포틀랜드에 갔을 때다. 시애틀에서 암트랙을 타고 중앙역union station에 도착했다. 역 내부에 걸린 시계와 벽 장식, 벽돌로 된 오래된 건물 외관에서 뭔가 예사스럽지 않은 포스가 풀풀 풍겼다. '우와 여기 멋진데'라는 생각과 동시에 '베를린과 닮았다'라는 생각이 들었다. 호텔에 짐을 두고 친구와 늦은 저녁을 먹으려고 웨스트엔드 거리를 걷기 시작했다. 2년 전 봤던 포틀랜드와 전혀 다른 느낌이었다.

포틀랜드는 2012년 배우 H와 화보 촬영 차 처음으로 찾았다. 다운타운에 있는 호텔에 묵었고, 도착한 첫날 이곳의 자랑인 로컬 맥주를 25종이나 마시고 필름이 끊겼다. 다음 날 포틀랜드에서 4시간 30분이 걸리는 베이커 시티에 가서 화보를 찍고 다시 포틀랜드로 돌아와서 자유 시간에 근교에 있는 와이너리와 아웃렛에 갔다. 뉴욕에 사는 선배는 '지금 포틀랜드라는 곳이 뜨고 있어'라고 말했는데 난 이 낯선 도시의 매력을 전혀 알 수 없었다. 금쪽같은 시간에 아웃렛을 가다니! 지금 생각해 보면 포틀랜드에 대해서 아무것도 몰랐기에 할 수 있던 선택이었다. 같은 기간에 포틀랜드 시내를 누볐던 후배의 이야기를 들은 후에야 나는 포틀랜드에 왔지만 포틀랜드를 본 게 아니라는 것을 깨달았다.

그 후 선배의 말처럼, 포틀랜드는 세계 유수의 여행 잡지가 주목하는 도시로 떠올랐다. 미드 〈포틀랜디아〉와 잡지 『킨포크』는 포틀랜드가 이름을 알리는데 큰 역할을 했다. 〈포틀랜디아〉는 포틀랜드의 힙스터를 풍자한 드라마로, 특유의 '병맛 코드' 때문에 마니아들 사이에서 인기를 모았다.

첫 회에서 주인공들은 포틀랜드에 대해서 이렇게 묘사한다. '90년대의 꿈이 살아있는 곳. 다들 피어싱을 하고 트라이벌 문신했던 시절, 힘을 모아 지구를 지키자고 노래하던 시절, 90년대의 꿈과 이상을 찾을 수 있는 곳. 예쁜 여자도 안경을 쓰는 곳.' 〈포틀랜디아〉를 보자, 정말 포틀랜드에서는 예쁜 여자들도 일부러 안경을 쓰는지, 정말로 포틀랜드 사람들은 레스토랑에서 치킨 요리를 주문할 때 닭이 어떤 농장에서(심지어 농장의 평수가 몇 평인지도), 어떤 환경에서 자랐나 확인하는지 궁금했다.

그리고 2년 뒤, 다시 포틀랜드를 찾게 됐다. 힙스터의 아지트라는 에이스호텔의 로비에 들어서자 포틀랜드는 이렇게 나에게 속삭이는 것 같았다. '익살맞은 괴짜들의 도시, 포틀랜드에 온 걸 환영해.'

사실 에이스호텔에는 객실이 없어서 호텔 1층에 있는 스텀프 타운에서 매일 커피만 마시고, 짐은 웨스트 번스타인에 자리 잡은 디럭스호텔에 풀었다. 도착한 다음 날 호텔 컨시어지 데스크에 가서 로컬들이 잘 가는 곳을 물어보자, 컨시어지 매니저인 조르단은 자신의 단골 레스토랑을 추천해 주었다. 고맙다는 표시로 서울에서 가져간 시트 마스크팩을 선물로 건네며 "방에 거울이 없던데, 작은 거울 하나 넣어 줄래요?" 라고 부탁을 했다.

저녁에 일정을 마치고 호텔 방에 들어간 나와 친구는 깜짝 놀라서 소리를 질렀다. 방을 꽉 채우고 남을 듯한 커다란 전신 거울과 중간 크기의 탁자 거울, 작은 손

거울까지 마치 거울의 방처럼 거울들이 방을 채우고 있었다. 테이블 위에는 조르단의 메모와 함께 작고 귀여운 포틀랜드 여행 책자와 초콜릿, 차 선물이 놓여 있었다. 이렇게 사랑스러운 포틀랜디아를 보았나. 나와 친구가 그 후로 포틀랜드를 좋아하는 도시로 꼽게 된 이유의 팔 할은 조르단에게 있을 것이다.

힙스터의 성지로 떠오른 포틀랜드는 미국에서도 자본주의가 가장 친하지 않은 도시 중 한 곳이다. 비주류 문화가 존중받고, 대기업보다는 소기업, 유니크한 로컬 문화를 사랑한다. 다운타운을 거닐다 보면 여느 미국의 대도시에 비해 대형 프렌차이즈 매장의 수가 현저하게 적다는 것을 알 수 있다. 예뻐서 무심코 들어간 숍들은 대부분 포틀랜드 태생의 로컬 브랜드 스토어였다. 버스에서 만난 할아버지는 한쪽 눈에 안대를 하고(한쪽 눈이 안 보이시는 듯했다), 파자마 바지와 티셔츠에 감각적인 넥타이를 하고 있었다. 타이레스토랑 포크포크의 셰프는 셰프복 대신 로커처럼 타투를 입고 있었고, 스텀프타운(포틀랜드에서 시작된 독립 커피숍) 점원들은 외모가 모두 커트 코베인 같았다. 심지어 거리의 홈리스 조차 빈티지 레이어드 룩을 멋지게 소화할 정도로 포틀랜드에는 자유분방하고 개성 있는 사람들이 넘쳤다. 포틀랜디아는 지극히 포틀랜드스러운 것들을 보면 'Very Portland'라고 말한다. 에이스호텔의 로비에 앉아 스텀프타운의 커피를 마시면서 브리지포트, 로그, 드슈츠 등 매일 저녁 다른 브루어리에서 로컬 맥주를 마시며 나는 친구에게 말했다. "베리×베리 포틀랜드."

2년 전 늦여름, 포틀랜드를 다시 또 찾았다. 세 번째 포틀랜드를 갔을 때는 근교에서 캠핑과 낚시를 즐기고 와이너리를 찾았다. 힙스터의 천국인 줄만 알았는데(도심을 벗어나니) 이런 아름다운 자연까지 품고 있다니. 그전과 또 다르게 포틀랜드가 좋아졌다. 포틀랜드는 괴짜인 줄만 알았는데 알고 보니 지덕체 다 겸비한 완벽한 청년이었던 것이다.

나이가 들면서 여행 취향도 도시 취향도 점차 바뀌었다. 미술관도 좋지만 자연에서 위로를 받고, 맛있는 것도 먹고 싶지만 호텔도 중요해졌다. 랜드마크를 가는 것보다는 나만이 할 수 있는 경험이 중요해졌다. 요즈음은 자연에서 체험할 수 있는 액티비티가 많은 자연 친화적인 도시가 좋다. 발리나 하와이 같은 곳에 마음이 기운다(다시 테스트를 해 보니 발리가 나왔다).

좋아하는 도시는 계속 업데이트 되고 또 바뀔 것이다. 가난하지만 섹시하든, 온화하고 넉넉하든, 자유롭고 유니크하면서 외지인들에게 열려있는 도시에 가면 난 또 그 도시와 사랑에 빠질 것이다.

그 도시가 나에게 말을 걸어오길 기다리지 않고, 열린 마음으로 내가 먼저 도시에 말을 걸면 그곳과 더 빨리 친해질 수 있다. 그러면 난 또 이렇게 말할 것이다. '어머 나랑 잘 맞는 곳은 바로 이곳이었어.'

새로운 도시와 사랑에 빠지는 건 남자를 갈아타는 것보다 간편하고, 좋아하는 도시 수집은 망해 먹은 연애 사례 수집보다 정신 건강에도 훨씬 더 좋다. 게다가 인터넷에 떠도는 테스트는 공짜니까 결과가 마음에 안 들면 답을 바꾸면 된다.

여기는 어쩌면 과거와 우주 사이의 어딘가

해가 뜰 때, 해가 질 때 호텔 창밖을 내려다보는 것을 좋아한다. 창을 통해 내려다보는 풍경은 왠지 더 서정적이다. 창밖으로 보이는 것이 푸른 바다여도 좋고, 우거진 숲이어도, 오래된 도시의 빨간 지붕이어도, 고층 빌딩 숲이어도 좋다.

이국의 낯선 호텔에 도착하면 가장 먼저 호텔 방의 창문을 연다. 커다란 혹은 자그마한 호텔의 창문을 열고 창밖의 풍경을 내려다본다. 어딘가로 순간 이동하듯 서울의 내 집이 아닌 낯선 도시에 와있다는 사실을 처음으로 깨닫게 되는 순간이다. 그 도시에 잠깐 머물다 왔더라도 창밖의 풍경이 매혹적이면 그 잔상은 오래오래 기억된다. 발리 우붓 리조트에서 바라본 사방을 에워 싼 푸른 논, 프랑스 보르도 지방의 한 고성 호텔 창밖으로 끝없이 펼쳐진 포도밭, 남태평양 보라보라섬의 수중 방갈로에서 바라본 에메랄드빛 바다, 파리 몽마르뜨 언덕의 낡은 호텔에서 해 질 녘 내려다본 사크레쾨르 성당……. 호텔 객실의 인테리어나 호텔의 외관을 기억하지 못해도 그곳에서 바라봤던 풍경은 액자처럼 가슴에 남아있다.

수많은 풍경 중에서도 유독 기억에 남는 풍경이 있다. 배우 조여정과 미 서부 유타주 모뉴먼트 밸리에 갔을 때다. 우리는 모뉴먼트 밸리 내에 있는 오래된 로지에 짐을 풀었다. 굴딩스 로지goulding's lodge에 묵게 된 것은 행운이었다. 창밖으로 보이는 것이 바다와 도시, 사막도 아닌 온통 붉은 땅에 솟아난 기이하고 거대한 돌덩어리라니. '여기가 과연 지구가 맞나?' 너무나 비현실적이어서 내 살을 꼬집어 보았다.

극도로 험준해 미국 전도 제작 당시 가장 마지막에 그렸다는 미국 서부 유타주의 남부는 자연의 황량한 아름다움을 느끼기에 제격인 곳이다. 웅장하게 굽이치는 붉은 사암과 협곡, 기이한 언덕과 아치가 끝도 없이 펼쳐진다.

모뉴먼트 밸리에 머무는 동안 매일 내 눈을 의심했다. 얼굴의 땀방울에도 붉은 먼지가 묻어 나오지 않을까 싶을 정도로 땅은 온통 붉었다. 유타에 도착한 지 며칠 후 이 비현실적인 풍경에 익숙해졌을 무렵까지도 나와 여정은 "너무 좋아"라는 말을 입에 달고 다녔다.

애리조나주와 유타주 사이에 위치한 모뉴먼트 밸리는 해발 1,700미터 높이로 만들어져 있는 콜로라도 고원의 일부다. 작열하는 태양 아래 펼쳐진 붉은 땅 위로 솟은 건물 50층 높이와 맞먹는 높이의 기묘한 기둥들은 우주로 보내는 어떤 암호처럼 보였다. 독특한 지형과 풍광 때문에 모뉴먼트 밸리는 존 포드의 서부극과 〈백 투 더 퓨처〉, 〈델마와 루이스〉, 〈포레스트 검프〉 등 수많은 영화의 촬영 장소로 등장했다. 이곳은 나바호 인디언의 거주지로, 나바호는 미대륙에 거주하던 인디언 부족 중에서도 가장 마지막까지 미국에 저항하던 이들이다. 당시 나와 일행을 안내해 준 가이드 댄도 나바호 출신이었다. "우리는 이 거대한 땅에서 왔어요." 나바호 인디언 옷을 입고 인디언의 말을 하던 그가 휴식 시간이 되자 아이패드를 꺼내어 일을 하고 스타벅스 커피를 마시는 것이 낯설었지만, 머나먼 과거와 최첨단의 현대를 오가는 시간 여행은 흥미진진했다.

수많은 영화 중에서도 모뉴먼트 밸리의 매력이 가장 잘 드러나는 것은 존 포드의 서부극이다. 조여정은 존 포드 영화의 여주인공처럼 와일드한 웨스턴 스타일로 무장하고 말에 올랐다. 존 포드가 영화를 촬영했던 존 포드 포인트 앞에 서서 촬영을 하기 위해서다. 절벽 아래로 혹시나 말이 뛰어들지 않을까, 진행 에디터인 나의 심장은 쫄깃해졌지만 말 위의 배우는 아주 행복해 보였다.

굴딩스 로지는 모뉴먼트 밸리의 기운을 온몸으로 받을 수 있는 곳이다. 객실 문을 열면 어디서라도 존 웨인이 튀어나올 것만 같았다. 굴딩스 로지는 해리 굴딩스와 그의 아내 레오네 굴딩이 개척한 곳으로 해리는 굴딩을 홍보하기 위해 직접 할리우드에 찾아가 존 포드 감독의 영화 촬영을 유치했다고 한다. 모뉴먼트 밸리가 존 포드의 거의 모든 서부극에 나오게 된 건 해리 굴딩의 덕인 셈이다. 존 포드와 존 웨인 관련 기념품은 물론 해리가 교역소 운영 당시 보관했던 물건들도 보관되어 있다.

해 뜰 무렵, 객실 테라스로 나갔다. 거대한 뷰트(사암의 침식으로 생긴 탑 모양의 바위산)와 폴(첨탑 같은 바위기둥) 사이로 붉은 기운이 퍼져 오르기 시작했다. 일어나자마자 라면을 먹는다고 컵라면에 끓는 물을 부어놓고 라면 먹는 것도 잊은 채 넋을 잃고 해가 떠오르는 광경을 바라보았다. 우주에서 경험하는 해돋이처럼 신비롭고 아름다웠다.

운동을 좋아하는 이들에게 유타는 천국이었다. 조여정은 물 만난 고기처럼 촬영이 없을 때마다 틈틈이 운동을 했다. 윌슨 아치에서는 요가를 하고, 이른 아침과 해질 무렵에는 로지 주변을 천천히 달렸다. 〈포레스트 검프〉의 톰 행크스가 달리던 장면이 떠올라서 웃음이 나왔다.

다음 날, 다음 목적지 블러프로 향했다. 유타주 남동부에 위치한 블러프Bluff는 '절벽'이라는 뜻의 이름에 걸맞게 붉은 바위 절벽으로 온 마을이 둘러싸여 있었다.

블러프는 모뉴먼트 밸리를 비롯해 구스넥 주립공원, 신들의 계곡(The Valley of the Gods), 아치스 국립공원, 캐니언랜즈 국립공원 등으로 향하는 베이스 캠프가 되는 마을이다.

사암 절벽에 폭 안긴 마을에는 유타의 개성이 담긴 로지와 인(inn), 토속품 숍, 작지만 특색 있는 식당들이 모여있다. 블러프에 있는 데저트 로즈인&캐빈은 블러프에 모여든 사람들의 아지트 같은 곳이다.

객실도 인상적이었지만 압권은 수영장이었다. 호텔 수영장에 들어서던 순간, 수영장 전면에 난 큰 창으로 보이던 광경은 멋지다는 말로 부족했다. 부서지는 햇살 사이로 보이는 거대한 붉은 사암 언덕. 아무것도 없을 것 같은 황야에 떡 하니 놓인 호텔과 수영장이라니! 수영장이 야외에 있었다면 오히려 매력이 반감됐을지 모른다. 찰랑이는 물소리가 작게 울려 퍼지는 수영장에서 블러프의 거친 풍광을 보며 로컬 맥주를 한 잔 들이켰다. 제임스 설터의 『가벼운 나날』의 한 구절이 떠올랐다. "여름은 지나갔다."(이 책은 조여정이 가장 좋아한다는 책이기도 하다.)

저녁 무렵, 해가 지자 수영장 전체가 오렌지빛으로 물들었다. 여기는 어쩌면 과거와 우주 사이 어딘가 일지도 모른다는 생각이 들었다.

20층 호텔에서 눈을 떴는데 호텔 창밖으로 유리창 청소를 하는 아저씨와 눈이 마주친 경험이 있어요. 깜짝 놀라서 기절할 뻔했는데 아저씨가 너무 미안해하더군요. 다행히 옷은 입고 있었습니다.

잔잔하고 싱거운
하지만 지나치게 매력적인

'힐링'이 필요하다. 어디로 가야 할까? 짧은 휴가를 다녀오기 위해 고민에 빠졌다. 길지 않은 시간이니 따뜻한 동남아로 가야겠다 생각했다. 처음 떠오른 곳은 발리. 그런데 7시간 남짓의 비행 거리에 멈칫했다. 다시 조금 더 가까운 곳을 생각해 봤다. 그때 떠오른 곳이 치앙마이였다. 한 달 살기가 유행처럼 퍼진 몇 년 전, 태국의 북부 치앙마이는 '핫'한 도시로 떠올랐다. 배낭여행객의 성지 빠이와도 그리 멀지 않은 치앙마이는 란나타이 왕국의 두 번째 수도로 아름다운 자연과 오랜 역사가 어울린 관광지다. 에메랄드빛 바다는 없지만 해발고도 335미터의 산에 둘러싸여 있어 힐링하기에 '딱'이

라고 생각했다. 태국 북부 음식을 한번 맛보고 싶기도
했고.

머릿속에서 떠올렸던 치앙마이는 사람들이 없는 첩
첩산중 혹은 우붓처럼 계단식 논이 펼쳐진 '그린'의 이
미지 그 자체였다. 그런데 웬걸, 비행기를 예약하고 치
앙마이 여행 준비를 하다 보니 치앙마이는 태국 제2의
도시였다. 도시란 사실을 망각했던 나 자신의 무지를 탓
하기 시작했다. 치앙마이에서도 자연을 만나려면 적어
도 한두 시간 걸리는 외곽으로 나가야 한다는 사실을 깨
닫고 여행 플랜을 다시 짜기 시작했다.

사실 일이 너무 바쁜 탓에 여행 준비는 비행기를 타
고나서야 시작하게 됐다. 원래 철저하게 계획을 세우는
스타일이 아니긴 하지만 이렇게 아무 계획 없이 여행을
떠난 것도 처음이었다. 심지어 함께 동행한 친구도 바
쁜 와중에 가는 휴가라 준비가 없긴 마찬가지였다. 무계
획이 컨셉인 여행이 시작됐다. 애정하는 세미 여행 가이
드북 『트립풀』 치앙마이 한 권을 들고 가고 싶은 곳들을
체크했다. 다른 건 몰라도 쿠킹 클래스는 꼭 해야지 하

고 결심했다.

호텔 사이트에서 예약한 도심의 호텔에 체크인했다. 루프트톱의 수영장이 커 보여서 선택했는데 직접 보니 생각보다 작은 크기라 조금 실망스러웠다. 아침을 먹자마자 읽을 책과 태닝 로션, 여름 나라를 갈 때마다 가지고 다니는 킥판을 가지고 수영장으로 향했다. 한낮처럼 무덥진 않지만 그래서 딱 수영하기 좋을 정도의 온도였다. 말랑말랑한 여름 나라의 햇살 아래 모닝 맥주와 함께 치앙마이에서의 휴가가 시작됐다. 점심을 먹고 호텔 근처 님만해민에서 카페와 숍들을 둘러보고 오후 무렵엔 올드타운으로 향했다.

책에 나온 치앙마이의 핫스폿을 갈 때마다 솔직히 생각보다 소박한 모습에 놀랐다. 카페도 사원도 올드타운도 막상 가 보면, '에게~ 여기가 여기야?'하는 생각이 들었다. 팬시하고 아기자기한 매력은 있지만 뭔가 '와아~'하고 놀랄 만한 매력은 느껴지지 않았다. 치앙마이에 한 달 살았던 후배에게 물었다.

"대체 치앙마이의 매력이 뭐야? 난 잘 모르겠는데."

후배는 말했다. "치앙마이는 뭘 하려고 하면 시시해져요. 어딜 막 보고 다니는 것보다 늘어지기 좋은 곳이랄까. 하지만 돌아오면 생각날 거예요."

인스타 감성이 되기 전 치앙마이는 촌스럽고 느릿느릿한 도시였다. 치앙마이에 관심을 갖게 된 건 영화 〈수영장〉 때문이다. 좋아하는 배우 고바야시 사토미와 모타이 마사코(영화 〈카모메 식당〉과 〈안경〉에 출연한 두 배우)가 나온 영화다. 태국 치앙마이에 작은 수영장이 있는 게스트하우스, 가족을 떠나 4년 전부터 이곳에서 일하고 있는 엄마 쿄코(고바야시 사토미)를 찾아 일본에서 딸 사요가 찾아온다. 사요(카나)는 자신을 버리고 이곳에 와서 피 한 방울 섞이지 않은 남들과 행복하게 지내는 엄마를 이해하지 못한다. 엄마보다는 딸의 마음에 더 감정이입이 됐지만 별 대단한 것 없이 수영장 하나 있는 한가로운 게스트하우스는 참 평화로워 보였다. 저절로 힐링이 될 것 같다고 할까. 영화에 나온 게스트하우스도가 보고 싶었지만 치앙마이에서 좀 떨어진 곳에 있길래 다음 기회를 기약했다.

지금도 서울이나 방콕에 비한다면 느린 도시지만 치앙마이는 내가 기대했던 휴양의 이미지와는 거리가 먼 곳이었다. '휴양'보다는 '휴식'에 어울리는 곳이랄까. 정돈된 예쁜 것을 좋아하는 터라, 처음에 원 님만과 반캉왓, 그러니까 사진 잘 나오는 예쁜 곳을 보고 흥분했다. 어쩐지 올드타운의 허름한 골목은 영 내 취향이 아닌 것 같았다.

　마지막 날 밤, 치앙마이에서 제법 유명하다는 재즈 클럽에 갔다. 뉴욕의 '블루 노트' 같은 곳을 떠올리고 갔다가 역시 생각보다 작은 규모를 보고 '아 여기 치앙마이지' 하고 현실 자각을 했다. 테라스 자리에 앉아 맥주를 홀짝이며 치앙마이 젊은 연주자들의 연주를 감상하는데 어린 여자아이가 무심한 얼굴로 다가와 꽃을 내밀었다. "팔아 달라고? 어쩌지. 우린 내일 아침 떠나서. 여자들이 아니라 커플들을 공략해 봐. 저기 옆 테이블 데이트족에게 가 봐." 영어로 말해 줬지만 못 알아들었는지 아니면 더 이상 꽃을 팔 의지가 없는지 꽃 파는 재주 없는 아이는 시무룩한 얼굴을 하더니 금세 사라졌다. 로마의 아이들처럼 적극적으로 좀 팔아 보지. 관광지의 아이들과 달리 상술이라곤 전혀 탑재되지 않은 아이가 왠지 좀 짠하게 여겨졌다. 어설프게 느껴졌던 연주도 한 시간 정도 듣다 보니 흥이 올랐다. '아, 이런 건가?' 호텔로 돌아가는 길, 심심하고 시시했던 치앙마이와 헤어지는 게 조금씩 서운해지기 시작했다.

여행 후반부에 갈수록 후배가 말한 게 뭔지 알 것만 같았다. 돌아온 후 하나씩 떠오른 건 책에 나왔던 치앙마이의 핫스폿들이 아니다. 좁은 내부에 비해 큰 면적을 차지하고 있는 카페의 앞마당에 앉아 바라본 커다란 나무, 해 질 녘 찾은 왓우몽의 잔잔한 호수, 줄 서서 먹는 유명한 곱창집이 아닌, 우연히 들어간 식당에서 먹은 소박한 치앙마이 가정식이 떠올랐다. 덥지만 습하지 않은 날씨, 님만 해안만 벗어나면 지방 소도시 같은 한적함, 못하는 영어로 손짓, 발짓하며 길을 알려주는 순박한 치앙마이 사람들도 생각난다.

어쩌면 영화 〈수영장〉의 사요도 쿄코와 헤어질 때 나와 같은 생각을 하지 않았을까? 도무지 이해할 수 없었던 엄마가 왜 자신을 떠나 치앙마이에 왔는지, 치앙마이에서 어떤 행복을 찾았는지 어렴풋이 알 것만 같은 마음. 이 잔잔하고 싱거운 도시의 매력 같은 것을.

진정한 힐링은 드라마틱한 자연의 풍광으로 누리는 게 아니라, 커다란 나무 한 그루에 기대어, 잠시나마 찾은 내 마음의 평화 같은 것이지 않을까. 그런데 그런 마음만 있으면 어쩌면 힐링하러 멀리 갈 필요도 없지 않을까.

여름은
여름다워야 제맛

여름을 좋아한다. 특히 여름이 시작되는 6월을 좋아한다. 만약 한국이 봄, 여름, 가을, 겨울 사계절이 있지 않았다면 여름이 이렇게 좋다는 생각을 했을까? 일 년 내내 여름인 나라에 살았더라면 여름의 특별함을 알지 못했을 것이다. 반대로 일 년 내내 겨울인 나라에 살았더라면? 빈티나는 건성 피부와 무채색의 두꺼운 겨울 코트만 입다가 우울하고 소극적인 사람이 되었을지도 모른다(물론 겨울옷도 알록달록한 게 있겠지만 여름옷처럼 많지는 않을 것이다).

무더위가 시작되기 전, 한낮의 반짝이는 햇살 아래에서 꽃무늬 원피스를 입고 거리를 걸을 때 나는 가장 빛나는 사람이 된 것 같은 착각에 빠진다. 한강 난지공원에서 오후 다섯 시 즈음 시켜 먹는 콩국수, 슬리퍼를 끌고 나가 동네 시장에서 복숭아며 자두, 살구를 사서 어슬렁어슬렁 걸어오는 초저녁, 여름밤 편의점 테이블에서 마시는 시원한 맥주, 초여름 골목 담벼락에 핀 장미에서 풍기는 매혹적인 향, 달큰한 여름밤의 공기······ 여름을 구성하는 입자에는 잉여의 기운이 감돈다. 헐렁하고 가벼운 입자들이 떠도는 여름이 되면 여름방학을 맞이한 어린 아이처럼 설렌다.

사실 여름을 이렇게 좋아하게 된 건 그리 오래되지 않았다. 어릴 땐 활동하기 편한 봄이나 가을이 좋았다. 여행을 갈 때도 그랬다. 휴양지보다는 도시를 좋아하는 터라, 몇 년 전까지만 해도 시간이 허락되면 가장 먼저 유럽이나 미국이 떠올랐다. 동남아시아 세 번 갈 수 있는 비용으로 유럽이나 미국 혹은 다른 곳을 한 번 다녀오는 게 더 좋았다.

나와 달리 동남아시아로만 줄곧 여행 가는 지인에게 물었다. "동남아시아가 왜 좋아요? 휴양지로만 계속 가면 좀 심심하지 않아요? 좀 새로운 곳도 가 봐요. 좀 더 멀리, 미국이나 유럽도 얼마나 좋은데요.", "저는 추운 거 싫어해요. 동남아가 얼마나 좋은데요. 전혀 심심하지 않아요. 물가 싸죠. 할 것도 은근 많답니다. 서핑도 하고 원숭이 숲도 가고 맛있는 음식도 먹고요." 그는 은퇴 후 동남아시아에서 살기 위해 열심히 돈을 모으고 있다고 했다.

그런데 언제부터인가 40대 중반으로 접어들자, 그처럼 나도 추운 게 싫어졌다. 추운 겨울에는 우울감이 지속되어 꼭 한 번은 따뜻한 여름 나라로 휴가를 가서 우울한 기운을 바짝 말리고 와야 했다. 길게 휴가를 낼 수 없으니 동남아시아 중 태국이나 발리, 베트남, 싱가포르 중 어디를 갈까 고민했다.

그렇게 1년에 한 번 이상은 동남아를 가다 보니 지인이 말했던 동남아의 매력을 알 수 있게 됐다. 동남아는 길지 않은 휴가 기간 동안 여자친구들과 부담 없이 다녀올 수 있는 가성비 좋은 여행지다. 동남아로 친구들과 여행을 가면 싸울 일도 그다지 많지 않다. 일주일 이내에 다녀올 수 있기 때문에 갈등이 일어날 가능성이 상대적으로 낮다(앞에서도 말했지만, 많은 여행을 다닌 결과 여행 파트너와 갈등이 유발되기 시작하는 시기는 평균적으로 함께 여행한 지 6일째 되는 날부터다).

동남아를 좋아하게 된 이유는 내가 여름을 좋아하는 이유와 크게 다르지 않다. 공항에 도착하자마자 몸에 확 휘감기는 이국의 뜨거운 열기, 공기 속에 떠도는 코코넛과 레몬그라스가 뒤섞인 동남아 특유의 달짝지근한 향을 좋아한다. 가끔 호텔에 머물 때 호텔에서 나는 향이 좋아서 그 호텔에서 사용하는 오일이나 디퓨저가 있으면 사 오곤 한다.

일정을 마치고 호텔로 돌아갈 때면 늘 거리에서 말도 안 되게 싼 가격으로 파는 과일을 무더기로 산다. 망고, 망고스틴, 리찌, 드래곤 후르츠, 람부탄, 심지어 그다지 좋아하지 않는 두리안까지. 서울에서는 자주 먹을 수 없는 열대과일을 듬뿍 사면 부자가 된 느낌이다. 리조트 내 방에 딸린 풀장에서 과일을 안주 삼아 냉장고에 킵해 둔 시원한 맥주를 마실 땐 '이곳이 바로 천국인가' 하는 생각이 든다.

여름 나라를 좋아하는 가장 큰 이유 중 하나는 물을 좋아하기 때문이다. 수영을 못하는 주제에 물놀이는 좋아한다. 30도에 육박하는 더운 날, 물속에 들어가 풀장의 가장자리를 잡고 첨벙첨벙 발장구만 쳐도 얼마나 좋은지. 이렇게 물을 좋아하는데 왜 수영을 배우지 않냐고? 사실 배우다가 포기했다. 두어 달 다녔는데도 물에 뜨지 못한 채 회사 일이 바빠지면서 결국은 관두고 다시 시작하지 못했다.

나는 아주 짧은 거리로만 개헤엄을 칠 수 있는데 내 맘대로 수영장을 가로로 질러 헤엄치는 것도 재밌다. 수영을 잘하지 못하면서도 물을 즐길 수 있는 게 여름 나라 여행의 백미라고 생각하곤 한다. 고백하자면 여름 나라로 출장 또는 여행을 갈 때마다 태국 코사무이에서 우리 돈으로 3천 원 정도 주고 산 킥판을 갖고 다닌다. 이 킥판만 있다면 어디에서도 물놀이가 가능하다. 고급 리조트에서 격 떨어지게 어린이도 아닌 다 큰 성인이 킥판을 들고 수영하는 모습을 서양인들은 신기하게 쳐다보곤 하지만 그런 것은 별로 신경쓰지 않는다. 알록달록 유치한 무늬가 그려진 정말 가벼운 킥판과 함께 참 많은 곳을 다녔다. 동남아뿐 아니라 하와이, 멕시코, 저 멀리 타히티까지. 그 킥판 덕분에 유카탄 반도 수심 수십 미터의 세노테에서도 헤엄칠 수 있었다.

하지만 여름 나라가 좋은 진짜 이유는 아마 위에서도 말한 그 잉여의 기운 때문일 것이다. 여름 나라에 도착하면 '자, 이제 어깨 힘 좀 풀어 봐. 적어도 며칠 동안은 아무것도 하지 않아도 되잖아.'하며 긴장감이 탁 풀린다. 몸과 마음이 느슨해지면서 느껴지는 이 안도감을 나는 너무나 사랑한다.

동남아 여행을 가면 내 일정표는 아주 널널하다. 몇 개의 맛집을 가는 것 빼곤 딱히 뭘 할지 결정하지 않는다. 오후까지 수영장의 선베드에 누워 음악을 들으며 책을 읽기만 할 때도 있고 리조트의 해먹에 누워 늘어지게 낮잠을 잘 때도 있다.

2년 전 겨울, 그렇게 휴식을 취할 생각으로 '개나 소나 다 간다'는 베트남 다낭으로 급하게 여행을 떠났다. 마일리지로 표가 있는 나라를 검색하다가 방콕, 치앙마이, 발리 표가 다 없는데 웬일로 다낭표가 있었다. 친구에게 가자고 했더니 단숨에 오케이. 매일 가져가는 킥판과 모자와 수영복, 물안경까지 챙겼다. 그런데 이게 웬일인가. 공항에 도착했는데 동남아의 여느 나라에 도착했을 때와 같은 더위가 느껴지지 않았다. '밤에는 제법 선선한가 봐.' 너무 더운 것보다 낫다고 생각하고 호텔에서 마중 나온 셔틀버스에 올라탔다.

다음 날 아침 눈을 뜨자마자 밥을 먹고 수영장으로 향했다. 넓은 수영장에 수영하는 사람이 눈이 파란 배 나온 서양인 아저씨 한 명뿐이었다. 발부터 담가 봤다. "앗, 차가워!" 수영하기엔 용기가 필요한 날씨였다. 기온을 봤다. 18도! 어젯밤과 같네. 점심때가 되면 좀 기온이 올라갈 거라고 생각했지만 겨우 1도 올라간 19도. 며칠 동안의 날씨와 기온을 살펴보고 '아뿔싸' 했다. 2월의 다낭은 비수기. 2월은 베트남 남쪽의 몇몇 휴양지를 빼고 수영하기는 힘든 날씨라고 했다. 동남아에 겨울이 있다고는 생각을 하지 못했다. 친구와 나의 계획은 나무늘보처럼 게으르게 수영장에 누워있다 가는 것이었는데 정말로 수영장에서 담요 덮고 선베드에 누워 책만 읽다 가게 생긴 것이었다. 결국 물에 발 한 번 담가 보지 못하고 계획을 수정했다. 나가자. 자전거라도 타자. 자전거를 빌려 호텔 인근을 돌기로 했다. 30분 정도 호텔 주변을 도는데 퇴근 시간 무렵이 되자 갑자기 어디선가 오토바이 군단이 밀려든다. 아는가, 베트남의 오토바이 행렬은 어마어마하다. 자전거 타는 것에 서투른 친구와 나는 겁에 질려서 호텔로 돌아왔다.

하루 이틀이 지나자 호텔에서 빈둥대는 것도 슬슬 지겨워지기 시작했다. 태양이 뜨겁지 않은 여름 나라에서 아무것도 하지 않고 있으려니 좀이 쑤셨다. 반나절 쿠킹 클래스를 하고 택시를 불러 호이안 올드타운으로 마실을 나갔다. 그곳에서 강릉 앞바다보다도 더 많은 한국 관광객들을 보았다. 여기저기서 한국말이 들려왔다. 그들은 모두 빨강 파랑의 경량 파카를 입고 있었다.

마지막 날, 떼로 몰려다니는 한국의 단체 관광객들이 마음에 걸렸지만 바나 힐을 가기엔 시간이 너무 많이 걸리고 또 호텔에선 마땅히 할 것이 없어서 우리는 또다시 올드타운으로 향했다. 야외 테라스가 있는 카페에서 맥주를 한 잔 시켰다. 호이안의 트레이드 마크인 색색의 등불이 켜지고 거리에서 촌스러운 음악이 들려왔다. 단체 관광객이 빠져나가자 그제서야 올드타운만의 예쁨이 눈에 들어왔다. 초저녁 관광지 특유의 흥성거리는 분위기 속에서 친구에게 이렇게 말했다. "아무것도 안 하려고 왔는데 정말 아무것도 안 했네."

수영만 하지 못했을 뿐인데도 여름 나라라고 생각하고 왔는데 여름이 아니니 왠지 흥이 나지 않았다. 여름 과일도 덜 여물었고 마사지도 그다지 시원하지 않았다. 친구는 자기 인생의 폭망 휴가라고 했지만 인생 반미와 맛있는 커피를 마셨으니 나는 그럭저럭 괜찮은 휴가라고 생각했다. 하지만 그 후로 명심하게 됐다. 여름 나라에도 나름대로 겨울이 있다는 것을. 돌아다니기 힘들 정도로 뜨거운 여름 중의 한여름도 힘들지만, 그 반대도 힘들다는 것을. 나처럼 뜨거운 여름을 만나러 간 거라면 더더욱. 역시 여름은 여름다워야 제맛이다.

그 섬,
타히티라는 섬

가끔 내가 〈트루먼 쇼〉의 트루먼이 아닐까 하는 상상을 하곤 했다. 택시를 타고 가는 라디오에서 우연히 "두바이가 무슨 뜻일까요? 유재석 씨 별명과 상관있습니다"(두바이는 아랍어로 '작은 메뚜기'라는 뜻이다). 이런 퀴즈가 나오고 있는데 택시 밖으로 '두바이'라고 크게 쓰여 있는 레스토랑 간판이 보인다든지, 후배들과 밥 먹으면서 여권을 2년 동안 세 번이나 잃어버리고 경찰서에서 조서 쓴 이야기를 했는데, 우연히 펼친 하루키의 에세이에서 '경찰서에서 조서 쓴 이야기' 장이 나왔다든지 할 때, 지금 전 세계에서 나를 주인공으로 하는 쇼가 방영되고 있는 게 아닐까 하는 엉뚱한 상상에 빠져드는 거다.

전 세계 시청자들은 시트콤 같은 나의 일상을 보며 즐거워하겠지만 사실이라면 너무 끔찍할 것이다. 우선 카메라를 피해 어디로 숨어야 할지 난감하다. 어느 누구의 눈길도 닿지 않는 곳은 대체 어디일까?

영화 〈트루먼 쇼〉에서 트루먼은 30년 넘게 자신이 전 세계인들이 지켜보는 쇼의 주인공인 줄 모른 채 살아간다. 대학 시절 딱 한 번, 그의 첫사랑 실비아가 '넌 전 세계인이 지켜보는 쇼의 주인공이야'라고 경고했음에도 불구하고, 제작진의 의도대로 실패한 첫사랑의 해프닝 정도로 생각하고 일상에 파묻혀 아무 생각 없이 잘 살아간다. 영화에서 인상 깊었던 장면 중 하나는 트루먼이 그의 첫사랑 실비아를 그리워하며 실비아를 닮은 모델의 눈, 코, 입을 부위별로 모자이크하는 장면이다. 포르노 잡지를 보는 것도 아닌데 트루먼이 사무실 한구석에서 눈에 잘 띄지 않게 잡지에서 오린 눈과 코와 입을 붙이는 장면은 어딘가 쓸쓸해 보였다.

마침내 모든 것이 쇼였다는 사실을 안 트루먼은 실

비아가 떠났다는 그곳, 피지섬으로 도망가려고 한다. 그에게 피지섬은 첫사랑 실비아가 살고 있는 곳이기도 하지만 쉽게 닿을 수 없는 곳, 가장 먼 곳, 그리고 안전한 곳이기도 하다. 한 번도 가지 못한 그곳은 일상과 쇼, 밥벌이와 근심 등과는 전혀 상관이 없는 피안의 세계인 셈이다.

할리우드 영화에서 엔딩신으로 자주 나오는 장면이 있다. 역경과 모험을 마친 주인공들이 영화 전편에 나왔던 대도시와 반대되는 미지의 장소로 떠나는 장면이다. 그곳은 대개 이름도 알 수 없는 낯선 섬인 경우가 많다. 그중에 최고로 식상하지만 카타르시스 넘치는 장면은 그곳에서 헤어졌던 주인공 두 사람이 만나는 신이다. 한 사람이 먼저 도착해 섬사람처럼 서핑숍을 하거나 통통배를 수리하고 있으면 그의 연인이나 친구가 가방을 들고 나타난다. 사실 나는 뻔한 엔딩신을 좋아한다. 영화의 완성도와 상관없이 평범한 사람들의 판타지에 가까운 꿈을 가장 잘 대변해주기 때문이다. 아직도 나는 시칠리아의 작은 섬에서 식당을 하고 있는 나를 한 남자가 찾아와 주는 터무니 없는 로망을 꿈꾼다.

우린 지친 일상을 탈출하고 싶을 때 더 나아가 완전한 해방감을 원할 때 '그 섬에 가고 싶다'고 말하곤 한다. 인터넷도 스마트폰도 터지지 않는 곳에서 하루 종일 바닷가를 거닐고, 정글에서 카약을 하다가 해 질 녘에는 슬리퍼를 슬렁슬렁 끌며 마켓에 가서 장을 보고, 마을 사람들과 함께 텃밭에서 딴 야채로 요리를 해 먹는다. 일출과 일몰, 벌레와 새들의 울음소리로 시간을 가늠하며 자연이 내게 허락한 모든 것에 집중하고 감사해하는 삶. 그 섬에 가면 그런 삶이 가능하겠지.

직장 생활에 한창 찌들어 있을 때, 마지막 출장일지도 모른다는 생각으로 과감히 타히티 출장을 감행했다. '돌아왔을 때 책상이 치워져 있어도 할 수 없지 뭐'라고 생각했다. 타히티로 향하는 비행기에 올라타 한쪽 귀에 타히티의 국화 티아레 꽃을 꽂았다. 열 한 시간의 비행 후 타히티에 도착하자 봉우리였던 티아레 꽃이 활짝 피었고 찌그러져 있던 내 마음도 활짝 피었다.

타히티에 간다고 하자 사람들이 물었다. "대체 어디에 위치한 섬인가요?" 지도를 찾아본다. 망망대해 남태평양 한가운데 덜렁 놓인 섬. 흔히 타히티를 국가명으로 알고 있지만 타히티는 남태평양 한가운데 위치한 프렌치폴리네시아 118개 섬 중 가장 큰 섬 이름이다. 도쿄에서 환승해 다시 11시간의 비행 끝에 타히티섬에 도착, 다시 40분 비행기를 갈아타며 피로에 쓰러질 거 같았지만 보라보라섬에 비행기가 이륙하려는 순간, 비행기 안 여기저기서 들려오는 사람들의 감탄사에 눈이 떠졌다. 눈을 비비고 비행기 창밖을 바라봤다. '와아, 정말 아름답다. 스카이 블루라고 하나?' 일명 캔디바 색깔의 라군 항공 뷰는 환상적이었다. 이런 물빛을 본 건 태어나서 처음이었다.

화가 폴 고갱은 마흔셋의 나이에 문명 세계에 환멸을 느끼고 타히티의 이국적인 풍광에 매료되어 여생을 보내며 그곳의 아름다움을 강렬한 원색으로 화폭에 담았다. 고갱의 그림에서 볼 수 있는 것과 같이 타히티는 원시적인 생명력이 꿈틀댄다. 에메랄드빛 바다, 하얀 백사장과 수정 같은 라군 뿐 아니라 높은 산과 열대우림, 양치식물로 뒤덮인 깊은 계곡, 시원한 폭포 등 다채로운 자연 풍광을 품고 있다.

매일매일 눈 앞에 펼쳐지는 풍경이 믿기지 않았지만 지금 누가 타히티의 무엇이 가장 좋았냐고 묻는다면 '타히티의 따뜻한 사람들'이라고 말하겠다. 아름다운 풍광, 장엄한 자연, 맛있는 음식 다 좋지만 여행의 화룡정점은 언제나 '사람'이다. 낯선 나라에 가면 가장 먼저 궁금한 것은 그 나라 사람들의 삶의 질이다. 그래서 현지인들에게 복지 제도가 잘 되어있나, 블루 칼라로 살아도 먹고 살 만한가, 집값, 교육비, 임금 등을 물어본다. 타히티에 있는 동안 함께 다닌 가이드 루쓰는 14명의 자녀가 있다고 했다. 18세부터 44세까지 자녀들이 모두 한집에 사는 대가족이었다. 섬으로 이루어진 나라라 물가가 싸지 않다는 정보를 접하고 처음으로 출장 가방에 한국 음식을 잔뜩 챙겨갔던 터라, 가장 먼저 궁금한 것은 이 물가 비싼 나라 서민들의 생활이었다.

타히티에서 마지막날 밤, 푸드트럭 룰로트에서 식사를 하며 14명의 자녀를 키우는 엄마의 살림살이가 걱정되어 루쓰에게 물었다. "가족과 외식은 보통 얼마나 자주해요?", "한 달에 한 번 정도 해요. 가족 1인당 800퍼시픽프랑(우리 돈으로 1만 원) 정도의 음식을 사 먹죠. 보통 때는 주로 남편이 집에서 요리를 해요. 솔직히 말하면 지금 먹는 국수 정도는 남편이 훨씬 잘 만들어요."

한 달에 겨우 한번 외식을 한다니 왠지 짠하게 느껴졌는데 알고 보니 타히티인들은 외식보다는 집에서 가족과 함께 식사를 많이 하고, 게다가 루쓰는 남편이 작은 택시 회사를 운영하는 전형적인 타히티의 중산층 가정이었다. 그녀의 이야기 중 가장 인상 깊었던 것은 타히티안의 교육법이었다.

"우린 아이들을 때리지 않아요. 잘못을 하면 과일을 따오거나 꽃나무를 심으라고 하죠. 그러면 아이들은 노동의 대가로 과일과 열매를 얻게 된다는 것을 자연스럽게 알게 되죠. 부정이 아닌 긍정의 마인드를 심어주는 것. 그게 바로 타히티안의 교육 방법이자, 삶의 방식이에요."

루쓰가 말한 긍정의 힘이 타히티의 문화 곳곳에 배어 있다는 것을 느낄 수 있었다. 그리고 고갱이 타히티에 왜 마음을 빼앗겼는지, 왜 이곳을 사랑할 수밖에 없는지 이해가 가기 시작했다. 루쓰의 말대로라면 타히티는 행복한 사람이 많은 섬이다. 타히티 사람들을 만나고 삶의 질이란 것이 집값, 물가, 교육 수준, 복지 제도와 반드시 상관관계가 있는 건 아니구나 생각했다.

루쓰의 며느리가 될까 혼자 생각했지만(루쓰의 아들을 만나기는커녕) 루쓰가 나와 함께 갔던 포토그래퍼 실장님을 열다섯 번째 아들로 삼고 싶다는 말만 하는 바람에 다음에 타히티에 오게 되면 모레아에 있는 자신의 집에 초대하겠다는 약속만 받아냈다. 언젠가 모레아 섬에 가면 고갱처럼 돌아오지 않을지도 모르겠다.

빨강머리 앤을
찾아가는 여행

"주근깨 빼빼 마른 빨강머리 앤, 예쁘지는 않지만 사랑스러워" 지금도 가끔 입에서 흥얼거리게 되는 〈빨강머리 앤〉의 만화 주제가. 일본 후지 TV가 제작한 애니메이션 〈빨강머리 앤〉은 어린 시절 내가 가장 즐겨보던 프로그램이었다.

루시 모드 몽고메리의 대표적인 작품인 『빨강머리 앤』은 빨간 머리에 상상력이 풍부하고 엉뚱한 고아 소녀 '앤 셜리'가 무뚝뚝하고 비사교적인 독신 남매인 '매튜'와 '마릴라'에게 실수로 입양되면서 겪는 성장기다. 달그락거리는 찻잔 소리, 보글보글 난로 위 주전자의 물 끓는 소리, 또각또각 집 안을 걷는 발자국 소리, 앤이 입던 원피스의 질감까지 그대로 담아낸 만화는 오감을 자극했다.

요즈음 어린이들은 잘 모르겠지만 앤은 어린 시절, 내 또래 여자아이들의 가장 친한 친구 같은 캐릭터였다. 나는 할 말 다 하고 특유의 긍정 에너지로 주변 사람들의 마음을 열게 했던, 결코 예쁘지만은 않은 앤과 영혼의 쌍둥이라고 느끼며 어린 시절을 통과했다. 길버트 같은 멋진 남자를 만나진 못했지만 앤 덕분에 기다림을 즐길 줄 알고, 매번 실수해도 같은 실수는 반복하지 않으려고 노력했다.

그러던 어느 날 『빨강머리 앤』의 배경이 된 섬이 실제로 존재한다는 사실을 알게 됐다. 몽고메리가 태어나고 자란 캐나다 대서양 연안의 작은 섬 프린스 에드워드 아일랜드. 섬 이름이 에드워드 왕자라니! 너무 낭만적이지 않은가. 언젠가 그 섬에 꼭 가겠다고 생각했다.

2018년 가을 그 꿈을 이루게 됐다. 캐나다 노바스코샤의 핼리팩스에서 전 세계 여행 미디어가 모이는 행사의 참석차 캐나다에 갈 기회가 생긴 것이다. 행사 전후 캐나다에서 가고 싶은 지역을 선택해서 취재하게 되어 있었는데, 운이 좋다면 1지망 한 곳으로 취재를 갈 수 있다. 1지망으로 '프린스 에드워드 아일랜드'를 썼다. 그 곳을 가야 하는 이유도 솔직하게 썼다. '나는 『빨강머리 앤』의 팬이다.' 운 좋게 1지망으로 쓴 프린스 에드워드가 결정됐다. 더 좋은 건 짝꿍처럼 친하게 지낸 타 잡지 편집장과 함께 가게 된 것. 같은 대학을 간 앤과 다이애나처럼 우린 신이 났다.

프린스 에드워드 아일랜드로 가기 전, 넷플릭스에 방영 중인 미국드라마 〈앤〉을 보기 시작했다. 드라마는 어릴 적 봤던 만화와는 조금 달랐다. 애니메이션에서는 잘 다뤄지지 않았던 초록 지붕 집에 오기 전 앤의 과거는 너무나 어둡고 불행했고, 캐나다 작은 섬마을의 부녀커뮤니티는 갑갑할 정도로 보수적이었다. 어두침침한분위기에 처음에는 적응이 안 됐지만 3회에 접어들자만화와 또 다른 재미에 점차 빠져들기 시작했다. 탄탄한내러티브와 리얼리티는 몰입감을 선사했다.

어릴 적 본 만화 〈빨강머리 앤〉이 어린이의 세계를보여준 명랑만화라면 넷플릭스의 앤의 세계는 삶 그 자체다. 삶은 멀리서 보면 희극이지만 가까이서 보면 비극이라고 했던가. 루시 모드 몽고메리의 원작은 한 편으로 끝나지 않는다. 속편인 『에이번리의 앤』 시리즈가 계속 나와서 앤의 일생을 그렸다고 한다.

다 커서 『빨강머리 앤』을 보니, 어릴 때는 보이지 않았던 새로운 게 보였다. 『빨강머리 앤』은 철없는 고아 소녀의 성장기라고 생각했는데, 다시 보니 성장한 것은 앤만이 아니었던 거다. 이 소설은 외톨이였던 매튜와 마릴라의 성장기이기도 했던 것이다. 그들이 앤을 구원했을 뿐 아니라 앤이 매튜와 마릴라를 구원하기도 한 거다.

넷플릭스의 〈앤〉에는 만화와 소설에 없는 많은 이야기들이 있었다. 시즌 2에는 매튜와 마릴라의 첫사랑, 병들고 아픈 두 사람, 성 정체성에 혼란을 느끼는 앤의 친구 콜, 흑인 배시 등 소수자의 이야기가 담겼다. 앤이 친구들과 조직한 '이야기 클럽'은 몽고메리의 진보적인 세계관을 보여 준다.

앤은 친구 콜에게 이렇게 말한다. "나중에 우리 같이 살자. 결혼하지 말고, 함께 하는 개인이 되는 거야." '함께 하는 개인'이란 요즈음 말하는 대안 가족이 아닐까.

모터사이클을 타고 바지 입고 다니는 싱글 여자 선생님 스테이시와 세계 여행을 한 길버트까지, 작고 평화로운 캐나다 작은 섬에서 일어난 일들이라고 하기엔 너무나 흥미진진한 스토리가 펼쳐졌다.

무엇보다 넷플릭스 〈앤〉이 좋았던 것은 원작이 된 배경을 간접적으로나마 만날 수 있다는 것이었다. 드라마의 자연 풍광이나 외부 신은 대부분 프린스 에드워드 아일랜드에서 촬영했다고 한다.

토론토를 경유하여 거의 24시간 만에 프린스 에드워드 아일랜드의 주도인 샬럿타운에 도착했다. 샬럿타운에 내리자마자 나는 그린 게이블스로 향하는 앤처럼 들뜨기 시작했다. '앤이 초록색 드레스를 맞췄던 양장점은 샬럿타운에 있을까? 앤이 장작을 옮기던 연인의 오솔길은 진짜로 있을까?'

해마다 샬럿타운에서 북서쪽으로 39킬로미터 떨어져 있는 마을 캐번디시는 전 세계에서 몰려온 『빨강머리 앤』의 팬들로 북적인다. 특히 아시아인 중에서는 애니메이션의 인기 때문에 그런지 일본인들의 방문율이 높다고 한다. '앤'의 팬이라고 하자, 프린스 에드워드 아일랜드 관광청의 마케팅 담당자 히로코는 반가움을 금치 못했다.

"저도 어린 시절, 애니메이션 '앤'의 팬이어서 20년 전 이 섬으로 이주해 왔어요. 마침 지금 넷플릭스에서 〈앤〉 촬영을 왔어요. 운이 좋다면 촬영 팀과 우연히 만날 수 있을 지도 모르겠네요."

드라마 속에 나왔던 앤의 머리카락처럼 붉은 언덕과 그 아래로 거칠게 물결치는 바다를 눈앞에서 목도하고, 앤이 읍내 가듯 중요한 일이 있을 때 찾았던 샬럿타운의 메인스트리트를 거닐다니, 꿈만 같았다.

앤 투어의 메인 코스는 소설의 주된 배경이 된 그린 게이블스, 초록 지붕 집이다. 캐번디시의 그린 게이블스는 루시 모드 몽고메리의 육촌 할아버지인 맥닐 가족의 소유지로 몽고메리가 어린 시절, 자주 가서 놀아서 농장뿐 아니라 주변 여러 곳에서 영감을 얻어 소설 『빨강머리 앤』이 탄생하게 됐다.

집 내부는 소설에 나온 그대로였다. 창가의 작은 화분과 세숫대야, 딸기주가 담긴 병, 앤이 길버트의 머리를 내리쳤던 칠판과 벗어젖힌 스타킹까지, 무엇이 먼저인지 모르지만 만화와 영화에서 본 그대로인 채 간직되어 있었다. 집에서 나온 뒤 연인의 오솔길을 천천히 거닐었다. 등 뒤에서 앤이 갑자기 나타나 내 어깨를 툭툭칠 것만 같았다.

그린 게이블스를 나와서 샬럿타운으로 돌아가는 길에 히로코가 말했던 넷플릭스 〈앤〉의 촬영 차량이 서 있는 것을 보았다. 배우들은 만나지 못했지만 내가 지나쳐 왔을지도 모르는 섬의 아름다운 장소들을 다음 시즌에서 볼 수 있을지도 모른다고 생각하니 더 설레었다.

샬럿타운에는 앤과 관련된 숍들이 많다. 기념품 숍, 초콜릿 가게, 뮤지컬 극장까지. 기념품 숍에 들어가서 앤의 모자를 쓰고 가방을 들고 벚꽃 나무 아래 벤치에서 소녀처럼 웃으며 기념 촬영을 했다. 앤 같은 딸이 있을 나이에 참 철없다고 생각하던 찰나, 앤이 한 이 말이 떠올랐다.

"행복한 나날이란 멋지고 놀라운 일들이 일어나는 날들이 아니라 진주알이 하나하나 한 줄로 꿰어지듯이, 소박

하고 자잘한 기분들이 조용히 이어지는 날들인 것 같아
요."

어쨌든 이곳은 앤의 고향이 아니던가. 그러니 아무
리 철없어도 무죄.

- -

기념 촬영을 한 빨강머리 앤의 머리카락이 붙어
있는 모자를 한국 돈으로 5만 원 주고 사 왔습니
다. 남녀노소 그 모자를 쓰기만 하면 누구나 앤이
될 수 있는 신통방통한 모자입니다.

하루는 열심히,
인생은 되는대로

초판 1쇄 발행 2020년 12월 20일

지은이 여하연
펴낸이 안영숙
디자인 형태와내용사이

펴낸 곳 보다북스
등록 2019년 2월 15일 제406-2019-000013호
주소 경기도 파주시 경의로 1100
전화 031-941-7031
팩스 031-624-7031
메일 bodabooks@naver.com
페이스북 facebook.com/bodabooks
인스타그램 bodabooks

ISBN 979-11-966792-4-8 03810